शम्सुर्रहमान

1935 में आज़मगढ़ (उत्तर प्रदेश) में

1955 में इलाहाबाद विश्वविद्यालय से अ

1958 से 1994 तक भारतीय डाक सेवा में तथा अन्य पदा प

उर्दू तथा अंग्रेज़ी में 40 से अधिक किताबें प्रकाशित हो चुकी हैं जिनमें से कई के अन्य भाषाओं में अनुवाद भी प्रकाशित हो चुके हैं। हिन्दी में एक उपन्यास 'कई चाँद थे सरे आस्माँ' तथा आलोचना-ग्रन्थ 'उर्दू का आरम्भिक काल' विशेष रूप से चर्चित हुए।

1966 से 2005 तक उर्दू साहित्य को आधुनिक दिशा देनेवाली पत्रिका 'शबख़ून' के 299 अंकों का प्रकाशन किया, जिनके जरिये अन्य भारतीय भाषाओं, विशेषकर हिन्दी की रचनाओं का उर्दू में अनुवाद प्रस्तुत किया।

साहित्येतिहास तथा साहित्यिक सिद्धांत में विशेष रुचि रही। साहित्य की लगभग सभी विधाओं में महत्त्वपूर्ण कार्य किया। देश-विदेश के अनेक विश्वविद्यालयों में व्याख्यान दिये।

1986 में 'साहित्य अकादेमी सम्मान' तथा 1996 में मीर तक़ी मीर के काव्य पर विस्तृत आलोचना-ग्रंथ 'शेर शोर अंगेज़' के लिए 'सरस्वती सम्मान' प्रदान किया गया।

25 दिसम्बर, 2020 को इलाहाबाद में निधन हुआ।

अनुवादक

डॉ. रिज़वानुल हक़

15 जून 1971 को उत्तर प्रदेश के सीतापुर ज़िले के ग्राम भीरा में जन्म हुआ। उच्च शिक्षा जे.एन.यू., नई दिल्ली से प्राप्त की।
आपकी प्रकाशित किताबें हैं—उर्दू फ़िक्शन और सिनेमा (शोध); बाज़ार में तालिब (कहानी-संग्रह); आदमीनामा (नज़ीर अकबराबादी की शाइरी और ज़िन्दगी पर आधारित नाटक); इन्सान निकलते हैं (मीर तक़ी मीर की शाइरी और ज़िन्दगी पर आधारित नाटक); गुरुदेव (रवीन्द्रनाथ टैगोर के शैक्षिक विचारों पर आधारित नाटक)।

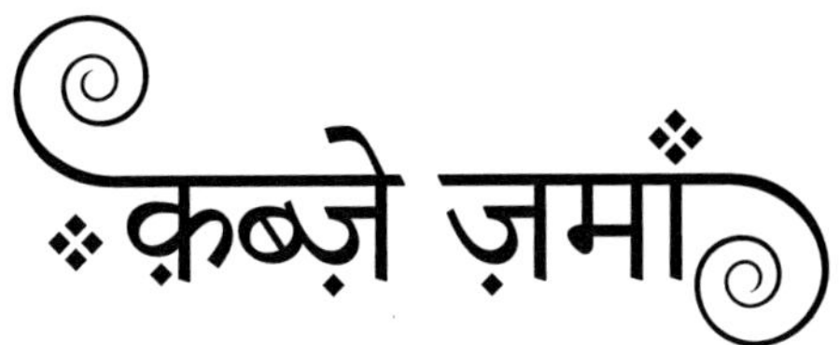

शम्सुर्रहमान फ़ारूक़ी

उर्दू से अनुवाद
रिज़वानुल हक़

राजकमल पेपरबैक्स

राजकमल पेपरबैक्स में
पहला संस्करण : जनवरी 2021
तीसरा संस्करण : अक्टूबर, 2021

राजकमल पेपरबैक्स : उत्कृष्ट साहित्य के जनसुलभ संस्करण

राजकमल प्रकाशन प्रा. लि.
1-बी, नेताजी सुभाष मार्ग, दरियागंज
नई दिल्ली-110 002
द्वारा प्रकाशित

शाखाएँ : अशोक राजपथ, साइंस कॉलेज के सामने, पटना-800 006
पहली मंजिल, दरबारी बिल्डिंग, महात्मा गांधी मार्ग, प्रयागराज-211 001
1, अनमोल सोराबजी सन्तुक लेन, धोबी तलाव, मरीन लाइंस, मुम्बई-400 002
वेबसाइट : www.rajkamalprakashan.com
ई-मेल : info@rajkamalprakashan.com

यश प्रिंटोग्राफिक्स
ग्रेटर नोएडा-210 310 (उत्तर प्रदेश)
द्वारा मुद्रित

मूल्य : ₹ 199

QABZE ZAMAN
Novel by Shamsurrahman Faruqi
Translation by Rizvanul Haque

ISBN : 978-93-89598-93-3

लेखक की प्रस्तावना

क़ुतुबुद्दीन ख़ान और उनके साथ मुहम्मद अली हशमत और उनके सारे फ़ौजियों की मौत का वाक़्या धामपुर (अब ज़िला बिजनौर) के पास जनवरी 1749 में पेश आया। रुहेलों में से कितने मरे, ये नहीं मालूम, लेकिन क़ुतुबुद्दीन ख़ान की फ़ौज का कोई शख़्स न बचा।

अब्दुल हई ताबाँ की मृत्यु की सही तारीख़ नहीं मालूम, लेकिन मुहम्मद अली हशमत के बाद बहुत दिन न जिए। उम्मीद है कि उनका इन्तक़ाल 1749 ही में हुआ। उस वक़्त उनकी उम्र पैंतीस साल की थी।

मौलाना हामिद हसन क़ादरी रहमतुल्लाह अपने रिसाले 'कुन्जुल करामात' (पेज 8 से 10) में लिखते हैं :

क़ब्ज़े ज़माँ का एक वाक़्या शाह अब्दुल अज़ीज़ साहब मुहद्दिस देहलवी ने लिखा है जिससे मालूम होता है कि अल्लाह तआला अपने किसी बन्दे के लिए लम्बे ज़माने को मुख़्तसर कर देता है जबकि वह दूसरों के लिए तवील ही रहता है। शाह साहब फ़रमाते हैं कि देहली में एक सिपाही था। उसके घर

वाले जयपुर की तरफ़ किसी गाँव में थे। वह अपनी लड़की की शादी के लिए रुख़सत और रुपये का बन्दोबस्त करके अपने वतन को रवाना हुआ। रास्ते में डाकुओं ने लूट लिया। ख़ाली हाथ जयपुर शहर में पहुँचा, लोगों से हाल बयान किया तो किसी ने कहा कि यहाँ फ़लाँ तवायफ़ बहुत दयालु और दानी है। ज़रूरतमन्दों, मुसाफ़िरों की मदद करती है। सिपाही उसके पास गया और उससे तीन सौ रुपये क़र्ज़ लिए कि वतन से वापसी में क़र्ज़ अदा करूँगा। रुपया लेकर वतन गया, लड़की का निकाह किया। कई महीने रहकर वापस चला तो पहले जयपुर आया। मालूम हुआ, उस तवायफ़ का इन्तक़ाल हो गया और कोई मालिक या वारिस नहीं। बहुत अफ़सोस किया कि उसका क़र्ज़ गर्दन पर रह गया। फिर सोचा कि उसकी क़ब्र पर फ़ातिहा पढ़ता चलूँ। पूछकर क़ब्र पर गया। देखा कि क़ब्र फटी है। अन्दर झाँका तो कुछ रौशनी और दरवाज़ा-सा मालूम हुआ। दह दरवाज़े में दाख़िल हुआ तो बड़ा मैदान और बाग़ नज़र आया। उसमें एक महल बना हुआ था। महल के अन्दर चला गया। देखा कि एक तख़्त पर वही तवायफ़ बेहतरीन लिबास में बैठी है। सिपाही दौड़कर उसके पास गया और रुपये की थैली उसके सामने रख दी कि लो अपने रुपये। शुक्र है तुम्हारे क़र्ज़े से कन्धे ख़ाली हुए। तवायफ़ उसको देखते ही घबराकर बोली कि 'तू यहाँ क्योंकर चला आया? फ़ौरन निकल जा, ये तेरे आने की जगह नहीं है।' और सिपाही को धक्के देते हुए ज़बरदस्ती महल से बाहर कर दिया। सिपाही बड़ा हैरान हुआ, लेकिन सोचा अब तो आ ही गया हूँ, लाओ बाग़ की सैर तो करता चलूँ। कुछ देर सैर करके दरवाज़े से होकर क़ब्र से बाहर निकल आया। उसका बयान है कि बहुत से बहुत तीन घंटे उसमें ख़र्च हुए होंगे। अब बाहर निकला तो देखा कि सारी दुनिया बदली हुई है। शहर, बाज़ार, सड़कें, आदमी, सब

नए-नए से हैं। लोगों से पूछा कि देहली में कौन बादशाह है? मालूम हुआ मुग़लिया सल्तनत का ज़माना है। शाह आलम बादशाह है, और सिपाही लोदी सल्तनत के ज़माने में देहली में नौकर था, और वहाँ से उसने ये सफ़र किया था। तीन सौ साल का अरसा गुज़र गया। सिपाही के तीन घंटे दूसरों की तीन सदियों के बराबर हो गए।

—**शम्सुर्रहमान फ़ारूक़ी**

अनुवादकीय

उदयन वाजपेयी ने 'समास' का उपन्यास विशेषांक निकालने की तैयारी शुरू की तो उन्होंने मुझसे हाल के वर्षों में छपे उर्दू के अच्छे उपन्यासों के बारे में पूछा। ऐसे में सबसे पहले मुझे शम्सुर्रहमान फ़ारूक़ी के उपन्यास 'क़ब्ज़े ज़माँ' का ख़याल आया। इसके अलावा उर्दू के तीन और उपन्यासों का मैंने नाम लिया जिनके अंश इस अंक में छपे। उदयन वाजपेयी ने मुझसे 'क़ब्ज़े ज़माँ' का तर्जुमा करने को कहा। अभी मैं कशमकश में था क्योंकि ख़याल था कि इसका तर्जुमा बहुत मुश्किल होगा। इस दौरान उन्होंने फ़ारूक़ी साहब से बात की। वह शायद नैयर मसऊद की कहानी का मेरा तर्जुमा देख चुके थे या जो भी वजह रही हो, बहरहाल उन्होंने बहुत ख़ुशी से मुझसे तर्जुमा कराने की इजाज़त दे दी। फ़ारूक़ी साहब के लिए मेरे दिल में जो इज़्ज़त है, उससे अब मेरे लिए फ़रार का कोई रास्ता न था। परेशानी ये थी कि फ़ारूक़ी के फ़िक्शन का तर्जुमा कैसे किया जा सकता है? तर्जुमा के बारे में ये बात पढ़ी थी कि शब्दों का तर्जुमा तो किया जा सकता है लेकिन संस्कृतियों का तर्जुमा नहीं किया

जा सकता है। और फ़ारूक़ी का तमामतर फ़िक्शन चाहे उनकी कहानियाँ हों या उपन्यास, उनका केन्द्रीय विषय ही संस्कृति और सभ्यता होती है। तो उनका तर्जुमा कैसे किया जा सकता है? लेकिन तर्जुमे का इतिहास बताता है कि दुनिया की हर बड़ी रचना का अनुवाद होता ही रहा है, उसका अनुवाद चाहे कितना ही मुश्किल रहा हो। ये मुमकिन है कि तर्जुमा में असली टेक्स्ट के साथ पूरा न्याय न हुआ हो। लेकिन बुनियादी बात तो दूसरी ज़ुबान में पहुँच ही जाती है। इसलिए मैंने भी ये सोचकर तर्जुमा शुरू कर दिया कि मुमकिन है मैं 'क़ब्ज़े ज़माँ' के साथ पूरा इंसाफ़ न कर सकूँ लेकिन कुछ बात तो बनेगी ही। उसका एक हिस्सा 'समास' में छप गया और लोगों ने इसे पसन्द भी किया तो हिम्मत हुई और मैंने पूरे उपन्यास का तर्जुमा कर दिया।

बहरहाल, तर्जुमे का काम शुरू करने से पहले मैंने तर्जुमा के कुछ उसूल बना लिये। सबसे पहला उसूल ये था कि चूँकि उर्दू-हिन्दी ऐसी दो भाषाएँ हैं कि आम बोलचाल की सतह पर दोनों में कोई ख़ास फ़र्क़ नहीं रह जाता। दोनों का उद्गम स्थल एक ही है, और कई सदियों तक दोनों की पहचान एक ही भाषा के रूप में रही है, इसलिए जहाँ तक मुमकिन हो उनका तर्जुमा न किया जाए सिर्फ़ लिप्यन्तरण कर दिया जाए। हिन्दी के वे पाठक जो उर्दू न सही 'हिन्दुस्तानी' जानते हों, उनको ध्यान में रखकर मैंने ये तर्जुमा किया। इसलिए सिर्फ़ उन्हीं शब्दों को बदला जिन शब्दों को आम तौर पर 'हिन्दुस्तानी' समझनेवाले भी न समझ सकते हों। इसकी सबसे बड़ी वजह ये थी कि मैं चाहता था कि हिन्दी के पाठक उर्दू रचना के ज़्यादा से ज़्यादा क़रीब रहें, और वह फ़ारूक़ी की लेखन शैली से भी ज़्यादा से ज़्यादा परिचित हो सकें, सिर्फ़ रचना का अर्थ ही न समझें। उर्दू-हिन्दी का व्याकरण लगभग एक है ही, इसलिए मैंने कोशिश की कि ज़्यादा से ज़्यादा लिप्यन्तरण से काम चलाया जाए। जहाँ ज़रूरी हो सिर्फ़ वहीं तर्जुमा किया जाए।

दूसरा उसूल ये बनाया कि जिन शब्दों का तर्जुमा करना है उनको भी जहाँ तक मुमकिन हो आसान उर्दू या आम बोलचाल के किसी लफ़्ज़ से बदल दिया जाए तो बेहतर है, लेकिन जहाँ ज़रूरी हो वहाँ संस्कृत या हिन्दी के देसी लफ़्ज़ों से भी मैंने परहेज़ नहीं किया है।

तीसरा उसूल ये बनाया कि ऐसे लफ़्ज़ जिनका कोई दूसरा हल पहले दोनों उसूलों से न मिल सके यानी इस उपन्यास में कई ऐसे भी शब्द आए हैं जिन्हें आम तौर पर हिन्दी के लोग जानते भी नहीं हैं, उनके जैसे अर्थ वाले कोई दूसरे आसान उर्दू लफ़्ज़ भी नहीं हैं, संस्कृत में भी नहीं हैं और देसी हिन्दी में भी नहीं हैं, ऐसे लफ़्ज़ों की मैंने व्याख्या कर दी है। इसके लिए कई बार वाक्यों की संरचना भी बदलनी पड़ी, कहीं-कहीं कोष्ठक या हाशिए का भी इस्तेमाल किया। मिसाल के तौर पर उपन्यास का नाम ही देखा जा सकता है, जिसका कोई बदल नहीं मिल सका।

चौथा उसूल शेरों के लिए है। शेरों में जो लय या छन्द हैं, वे न बिगड़ने पाएँ, इसलिए उनका तर्जुमा बिलकुल नहीं किया है सिर्फ़ लिप्यन्तरण किया है। हिन्दी वालों के लिए जो लफ़्ज़ नये हो सकते हैं उनके अर्थ अलग से लिख दिए गए हैं, लेकिन अस्ल पाठ में कोई बदलाव नहीं किया गया है।

यह उपन्यास तीन कालखंडों पर आधारित है। पहला वर्तमान में है जिसे इक्कीसवीं सदी की दूसरी दहाई कह सकते हैं। इस हिस्से में आज की उर्दू ज़ुबान का इस्तेमाल किया गया है जिसमें अरबी-फ़ारसी का असर कम है। कुछ अंग्रेज़ी और हिन्दी का भी असर है। इस हिस्से का तर्जुमा करना थोड़ा आसान था। इसके बाद यह उपन्यास सोलहवीं सदी के शुरू के समय में जाता है, जो 1504 से 1517 तक फैला हुआ है। यह तुग़लक़ ख़ानदान के शासनकाल का ज़माना है। इस हिस्से की ज़ुबान में बड़ी बारीकियाँ हैं, बहुत शोध से काम लिया गया है। सचाई ये है कि शुरू में मैं धोखा खा गया था और मुझसे बड़ी

ग़लती हो रही थी। कई बार यह भी लगा कि इस हिस्से के उर्दू पाठ में प्रूफ़ अच्छे से नहीं पढ़े गए हैं। ये सवाल भी दिमाग़ में आया कि फ़ारूक़ी साहब ऐसी ज़ुबान क्यों लिख रहे हैं? लेकिन जब बार-बार यही बात नज़र आई तब मैं समझ गया कि मुझसे समझने में ग़लती हुई है, दरअस्ल ये सोलहवीं सदी का गद्य है और उस वक़्त वाक्य की संरचना आज की तरह की नहीं थी। यह उर्दू और हिन्दी भाषा के बनने का समय है, इसलिए फ़ारूक़ी साहब ने जान-बूझकर सोलहवीं सदी की तरह का गद्य लिखा है। मिसाल के तौर पर 'मुझे बुरा तो बहुत लागा' में लागा। या 'ये ज़रूर है कि बाप ने शादी मेरी बरस अट्ठारह के सिन में कर दी।' यहाँ आज की ज़ुबान होती तो 'मेरी शादी' और 'अट्ठारह बरस' होता। ये समझ आने के बाद मैंने उदयन वाजपेयी से भी अर्ज़ किया कि जहाँ इस तरह की 'ग़लतियाँ' हों उन्हें 'सही' मत कर देना। उन्होंने ही इसका आख़िरी प्रूफ़ पढ़ा है और मेरी हिन्दी सही की है।

इसके बाद यह उपन्यास अट्ठारवीं सदी के मध्य काल में पहुँचता है जो मुग़ल ख़ानदान का ज़माना है और अहमद शाह उस वक़्त बादशाह था। उस ज़माने की उर्दू ज़ुबान बेहतरीन है लेकिन चूँकि मुख्य किरदार सोलहवीं सदी का इनसान है इसलिए उसकी ज़ुबान अलग है और कई बार अपनी ज़ुबान को छुपाने के लिए वह फ़ारसी का भी सहारा लेता है। उस वक़्त मुग़ल तहज़ीब अपने शबाब पर है और नये-नये तहज़ीबी लफ़्ज़ भी आए हैं लेकिन ज़्यादातर मसअले ऊपर बनाए गए उसूलों से ही हल हुए। फ़ारसी के वाक्यों का तर्जुमा करने के लिए कई दोस्तों की मदद लेनी पड़ी इसलिए उनका शुक्रगुज़ार हूँ।

—रिज़वानुल हक़

क़ब्ज़े ज़माँ*

* अल्लाह तआला अपने किसी बन्दे के लिए तवील ज़माने को मुख़्तसर कर देता है, जबकि वह ज़माना दूसरों के लिए मुख़्तसर नहीं होता है।

पहला अध्याय

मैं बिस्तर पर करवटें बदल रहा था, इस वजह से नहीं कि मेरे दिमाग़ में उलझन थी या दिल में कसक थी। कभी-कभी शाम ढलते ही और बिस्तर पर जाने के पहले एहसास हो जाता है कि आज की रात नींद न आएगी। मुझे कैफ़ी आज़मी के मिसरे याद आए, लेकिन ये ख़याल में न आ सका कि मैंने उन्हें कब और कहाँ पढ़ा था :

आज की रात न फुटपाथ पे नींद आएगी
आज की रात बहुत गर्म हवा चलती है

हम हिन्दुस्तानियों के लिए गर्मी से बहुत ज़्यादा सर्दी तकलीफ़देह है (कम-से-कम मेरा यही ख़याल है) लेकिन हम गर्म मुल्क के रहनेवाले, मई-जून की कठोर धूप में चटियल मैदानों में नंगे पाँव चलनेवाले, हमें गर्मी...उफ़ गर्मी...लगता है आसमान से आग बरस रही है...ज़मीन यूँ तप रही है कि दाना डालो तो भुन जाए...वह धूप है कि चील अंडा छोड़ती है (ये मुहावरा मैंने बचपन में कहीं पढ़ा था, अब सुनने में भी नहीं आता, लेकिन उसी वक़्त से मुझे फ़िक्र रहती थी आख़िर चील ही क्यों? और अंडे छोड़ने के क्या मानी हैं। अगर ये कि चील अंडे पर बैठी थी और

अब उसे अंडे को सेने की ज़रूरत है भी नहीं कि गर्मी के मारे अंडा ख़ुद ही से जाएगा, तो फिर बहुत से परिन्दे ऐसे होंगे, बेचारी चील ही क्यों? शायद इसलिए कि चीलें सिर्फ़ मई-जून में अंडा देती हैं? मगर ये बात कुछ दिल को लगती नहीं)। उस वक़्त तो नहीं समझ सका था, लेकिन ज़रा भाषाविज्ञान की शुद-बुद हुई तो मालूम हुआ कि ज़ुबान यूँ ही अलल टप होती है। शब्द 'अलल टप' से अब शायद बहुत से लोग वाक़िफ़ न हों, इसलिए इसका जैसा-तैसा अंग्रेज़ी तर्जुमा अर्ज़ किए देता हूँ (जैसे इस शब्द के जाननेवाले बहुत से होंगे)...बचपन में एक बार 'अल्फ़ लैला' (अब इसको क्या कीजिए कि बहुत से पढ़े-लिखे लोग इसे 'अलिफ़ लैला' समझते हैं, यानी शायद अलिफ़-बे की वह किताब जिसे लैला पढ़ती थी)। ... ख़ैर मैं इसी अल्फ़ लैला की सिन्दबाद जहाज़ी वाली कहानी फ़ारसी में पढ़ रहा था। कहानी यूँ शुरू होती थी कि उस दिन इस क़द्र गर्मी और तपिश थी कि 'जिगर हर्बा मी सोख़्त'। भला ये 'हर्बा' कौन है? मौलवी साहब ने बताया कि इसे उर्दू में गिरगिट कहते हैं (बल्कि हमारी तरफ़ तो इसे 'गिरगिटान' कहते थे, शायद इसलिए कि इस तरह गिरगिट और ज़्यादा ज़हरीला मालूम होता था।) उस वक़्त भी मुझे ये फ़िक्र लगी थी कि आख़िर बेचारा गिरगिटान ही क्यों? और भी तो ऐसे जानवर होंगे जिन्हें गर्मी बहुत लगती होगी? लेकिन ये गुत्थी अब तक न सुलझ सकी। मुझे ज़ुवलोजी पढ़नी चाहिए थी। (आजकल बहुत से लोग इसे 'ज़ूलाजी' कहते हैं। फिर फ़र्क़ क्या पड़ता है? ज्ञान तो वही है)।

कैफ़ी साहब मरहूम की नज़्म (अगर ये नज़्म उनकी है) के दो मिसरों ने मुझे कहाँ से कहाँ पहुँचा दिया। ये बहरहाल हक़ीक़त थी कि मुझे नींद नहीं आ रही थी, और हवा भी कुछ गर्म थी। आख़िरी अप्रैल की रात थी, मई, जून न सही, और मैं अपने पूर्वजों के गाँव के पूर्वजों के मकान के दरवाज़े पर दूर तक फैली हुई खिली ज़मीन पर नीम के नीचे सो रहा...नहीं, बल्कि सोने की कोशिश कर रहा था। पुराने ढंग का भारी पलंग जिसे कई लोग मिलकर मेरी ख़ातिर उठाकर अन्दर मेरी दादी के कमरे से ले आए थे। इसकी निवाड़ अभी अच्छी हालत में थी, दादी के ज़माने की दरियाँ और

चादरें भी उपलब्ध थीं। दादी का ज़माना? अब उनको ख़ुदा के साये में गए हुए छह से ज़्यादा दहाइयाँ गुज़र चुकी थीं। ख़ानदान के लड़के-लड़कियाँ जो अब लगभग तमाम दुनिया में फैले हुए थे, उनके लिए साठ बरस से बहुत कम की मुद्दत भी इतिहास के पहले का ज़माना मालूम होती थी। फ्रैंक करमोड ने कहीं लिखा है कि आजकल के विद्यार्थी के लिए हर किताब इतिहास के पहले के ज़माने की है अगर वह पन्द्रह, या इससे ज़्यादा बरस पहले लिखी गई थी।

दादी के ज़माने में उनके पलंग, बल्कि सभी के पलंग, खटमलों का मुख्यालय थे। तमाम रात उन्हें काटते गुज़रती थी मगर हम लोगों की रात बेखटके जाती थी क्योंकि हमारी नींदें ऐसी न थीं कि कोई खटमल, कोई मच्छर, उन पर जीत हासिल कर सके, या उनकी दीवारों में ज़रा-सी रुकावट ही डाल दे। लेकिन मीर का शेर अक्सर मेरे एक चचाज़ाद भाई की ज़ुबान पर अक्सर रहता था :

आख़िरश शाम से हो शब बेदार
खेलता हूँ मैं खटमलों का शिकार

ख़ुदा जाने उस पलंग में मच्छरों के कितने शहर, कितने क़िले, कितनी चहारदीवारियाँ अब भी बाक़ी होंगी। मुझे तो अभी कुछ ख़ामोशी ही लग रही थी लेकिन इस ख़ामोशी का कुछ एतबार नहीं। न जाने कब, किस तरफ़ से हमला कर दें। मुझे याद आया कि अमरीका के कुछ दक्षिणी शहरों में हिन्दुस्तान-पाकिस्तान के लोग ट्रैफ़िक पुलिस वालों को इसीलिए खटमल कहते हैं कि ख़ुदा जाने कहाँ से बिलकुल अचानक आकर आपका पीछा करने लगते हैं। और अगर एक बार वे आपके पीछे लग गए, आप उनसे बच नहीं सकते। वह आपका चालान करके ही छोड़ेंगे।

हमारे पूर्वजों के घर के आगे कोई मुख्य दरवाज़ा या चहारदीवारी न थी। पता नहीं क्यों। दूर तक बंजर ज़मीनें, कुछ खेत और दो-चार पुराने पेड़ थे। रात में बाहर सोनेवालों को विस्तार बल्कि ग़ैर दिलचस्प लेकिन बेपरवाह विस्तार का एहसास होता था। (ये बात मैं अपनी तरफ़ से कह रहा हूँ,

क्योंकि उस वक़्त भला कौन दस बरस के बच्चे पर अपनी प्रतिक्रिया ज़ाहिर करता, और ख़ुद मैं कभी अकेला खुले में सोया न था)। मुझे तो वह सारा दृश्य मुझसे, यानी हम इनसानों की ज़िन्दगी से बेपरवाह लगता था। जैसे उसे कोई ग़रज़ न हो कि यहाँ कौन सो रहा है, कौन जाग रहा है, कौन जल्द उठनेवाला है, कौन दिन चढ़े तक सोता रहेगा। लेकिन ज़रा ठहरिए। उस ज़माने में हमारे दरवाज़े पर सोनेवालों में किसकी मजाल थी कि दिन चढ़े तक सोता रहता? और कुछ नहीं तो बदलती हुई हवा के बेख़्वाबी, दिन-रात के ख़त्म हो जाने के बाद उसका लगातार हलका पड़ता दबाव, उसकी बेचैन आवाज़ में कमी, अँधेरे की आहिस्ता, बहुत आहिस्ता, शिकस्त खायी हुई, आसमान के आख़िरी छोर के धीरे-धीरे नज़दीक आते चलने का एहसास, जो चेतना की किसी बहुत गहरी सतह पर कालिख की ठोस दीवार का किसी बहुत ही नामहसूस लेकिन यक़ीनी अमल के असर से मटमैले पत्तों और सरकंडों की डालियों के घने और फिर हल्के हरे कम्पनों में बदलता दिखाई देता है। ये सब और बहुत सी बातें शब्दों में जिनका बयान नहीं हो सकता, उनके होते हुए खुले आसमान तले फैली हुई ज़मीन पर सोनेवाला दिन चढ़े तक सो भी कहाँ सकता था?

अब हमारे भी शहरों में आसमान पर्दे से ढका रहने लगा है। और मैं उस जगह से आया था जहाँ अगर कभी सितारे दिखाई दे जाएँ तो इसे क़ाबिले-ज़िक्र वाक़्या ख़याल किया जाता है। और यहाँ की हालत न पूछिए। आधा चाँद आसमान पर नीम की छोटी पत्तियों का झुरमुट बनाए हुए पेड़ की शाख़ें, हवा ज़रा-सी भी सनकी तो चाँद की एक-आध किरन मुझ तक पहुँच ही जाती। मुझे नासिख़ का शेर याद आया :

हिज्र में अब किस तरफ़ बेयार जाऊँ बाग़ को
सारे पत्तों को बना देती है ख़ंजर चाँदनी

मेरे वतन रिहाइश और अधिकार में तो हम लोग काम के लिए निकलते थे तो रोशनी पूरी तरह फैली न होती थी। किसी को बीस मील जाना था, किसी को पच्चीस मील, किसी को और भी दूर।

साहिबे हैसियत और हम लोगों से भी ज़्यादा काहिलतर लोगों के पास हेलीकाप्टर थे। वे हम लोगों से बहुत बाद में निकलते तो थे, लेकिन लिफ़्ट के ज़रिये छत पर जाने के पहले वे अपने सोने के कमरों या खाने के कमरों में होते। चाँद उन्हें भी न दिखाई देता। और वापसी तक तो सब के लिए शाम अच्छी तरह फूल ही चुकी होती थी। सब लोग ऊपर के माहौल से बेख़बर (बशर्ते कि कहीं आँधी न आई हो) अपनी-अपनी सुरक्षित दुनियाओं में वापस चले जाते थे।

'ज़िन्दा ग़ुनूदगी' (ज़िन्दा अर्ध निद्रा), मुझे रॉबर्ट लुई स्टीवेंसन (Robert Louis Stevenson) की बात याद आई। फ्रांस के पठारी भागों में तनहा घूमने-फिरने और जगह-जगह का जायक़ा चखने के बाद (जिसमें खुले आसमान के नीचे कई रातें गुज़ारने का मज़ा भी शामिल था), उसने एक यात्रा-वृत्तान्त जैसी छोटी-सी किताब लिखी। उसमें खुले में रात गुज़ारने का बयान एक जगह लिखा है और ऐसा लिख दिया है कि मैं सौ बरस कोशिश करूँ तो भी नहीं लिख सकता। इसी में ये सूक्ति Living Slumber (ज़िन्दा अर्ध निद्रा) भी है। मगर मैं कहाँ का शाइर या अफ़सानानिगार कि स्टीवेंसन या किसी और की तरह लिखने का अरमान रखूँ। मसऊद हसन रिज़वी अदीब साहब मरहूम ने लिखा है कि उन्होंने स्टीवेंसन का असर क़ुबूल किया है। बेशक। उनका गद्य ऐसा सँवरा और सजल है और रवानी से भरपूर है कि बस पढ़ते जाइए।

नींद तो मुझे बहरहाल न आ रही थी। मुझे याद आया कि हमारे घर के सामने कुछ फ़ासले पर, यानी सुब्हान अल्लाह दादा के मकान के पीछे एक बड़ा छतनार और फैला हुआ पेड़ था। ये याद नहीं कि काहे का पेड़ था, बस रातों को ऐसा लगता था कि वह पेड़ कुछ नज़दीक आ गया है। हम लोगों में मशहूर था कि इस पेड़ पर एक बरम रहता है जो हर आने-जानेवाले को और ख़ास कर आठ-दस बरस की उम्र के लड़कों को ललचायी हुई नज़र से देखता रहता है। तो वह क्या चाहता है? इस बात का जवाब किसी के पास न था। अलग-अलग क़यास आराइयाँ थीं। कोई कहता वह जिसको पकड़ ले उसे भी अपनी तरह का बरम बना

लेगा। और इसीलिए उसे लड़कों की ज़्यादा हवस थी कि वह आसानी से बरम बन जाएँगे। कोई कहता नहीं, उसके बदन पर खाल और हड्डियाँ हैं, और कुछ नहीं है। उसकी योजना हमेशा यही रहती है कि किसी को पकड़ पाए तो उसका गोश्त अपने बदन पर चढ़ा ले। लड़कों को पसन्द करने की इच्छा यही थी कि उनका गोश्त नर्म होता है। एक लड़का कहता था कि नहीं, वह बरम किसी वजह से इस पेड़ में क़ैद है। उसे किसी इनसान की ज़रूरत इसलिए है कि वह रातों को उस पर सवार होकर दूर-दूर के गाँव जाकर मवेशियों और इनसानों का ख़ून कर सकता था। सुना गया कि एक बार बरम ने एक नौजवान किसान को पकड़ ही लिया था। उसने कहा कि तू मेरी रातों की सवारी बन जाए तो मैं तुझे घोड़े की तरह ताक़तवर बना दूँगा। दिन-भर अपनी खेती-किसानी आसानी से करते रहियो। किसी झगड़े-लड़ाई में भी कोई तुझ पर क़ाबू न पा सकेगा। वह किसान उसके चंगुल से छूटा कैसे, ये बात किसी को न मालूम थी। शायद हमारे दादा ने उसे कोई तावीज़ पिन्हा दिया था कि ऐसे ही किसी संकट में काम आए।

सुना है बहुत दिन पहले हमारे दादा का एक कारिन्दा रातों को खलिहान की हिफ़ाज़त पर तैनात था। एक दिन वह ठिठुरता, काँपता आया, जैसे उसे जाड़ा देकर बुख़ार चढ़ा हो। उसने दादा से कहा कि 'मौलवी जी, मैं अब खलिहान की रखवाली न करूँगा। सामनेवाले पेड़ में एक बेताल आ गया है। वह मुझे रात दाँत दिखा-दिखा कर खुखियाता रहा और कहता रहा कि कल तुझे न छोड़ूँगा।' दादा ने उसकी पीठ ठोंकी और एक तावीज़ उसे लिख दिया और कहा कि 'ले इसे गले में पहन ले। जा, अब वह बेताल तेरा कुछ न बिगाड़ेगा।' और ऐसा ही हुआ। हमारे एक बड़ी उम्र के चचाज़ाद भाई क़सम खाकर कहते थे कि 'दादा ने तावीज़ में भोजपुरी ज़ुबान में ये लिखा था कि देखो जी, ये आदमी हमारा रखवाला है। कोई इससे हरगिज़ कुछ छेड़ न करे।'

ख़ुदा जाने ये बयान सच्चा है कि झूठा, लेकिन मुझे इस बात में कोई शक नहीं, घर के सामने का बरम वाला पेड़ रात को नज़दीक इसलिए

लगता था कि वह बरम इसी पेड़ को अपनी सवारी बना डालने की कोशिश में उसे कुछ आगे-पीछे करता रहता था।

आज रात वह घना काला पहाड़ जैसा पेड़ मुझे दिखाई न देता था। सामने सुब्हान अल्लाह दादा का घर तिमंजिला हो गया था और पीछे का तमाम मैदान, तमाम पेड़ों और पत्थरों की आबादियाँ नज़र से ओझल हो गई थीं। सुबह अगर मैं बच रहा तो दिन की चमकती नीली धूप में जाकर इस पेड़ को ज़रूर देखूँगा।

बच रहा? क्या मतलब? क्या मैं ख़र्च हो रहा हूँ, या घटता जा रहा हूँ कि बच रहने की बात मेरे दिमाग़ में आई? मैं तो बस कल भर के लिए यहाँ हूँ। शायद नींद के किसी झोंके में 'बच रहा' कह गया था। यहाँ कोई डर की बात तो है नहीं। और अजीब बात ये है कि बचपन में इन सब भूत, बेताल, बरम, चुड़ैल वग़ैरह की बातों से हमें (या कम-से-कम मुझे) मौत का ख़ौफ़ न आता था। वह ख़ौफ़ अजब तरह का था, किसी दूसरे जीव के क़ब्ज़े में चले जाने का ख़ौफ़, गिरफ़्तार हो जाने का ख़ौफ़, अनजानी वस्तु का ख़ौफ़। मौत उनमें से किसी हिसाब में न थी। बेशक हम लोगों ने सुनसान या अजनबी घरों पर भूत-प्रेत का साया होने के बारे में कई डरावनी कहानियाँ पढ़ी थीं और उनमें से अक्सर का अंजाम किसी निडर व्यक्ति की मौत पर होता था, लेकिन अपने असली और सच्चे भूत-प्रेतों से हमें मौत का डर न था।

मिसाल के तौर पर एक क़िस्सा जो मैंने पढ़ा था, वह इस तरह था कि एक शख़्स किसी अजनबी जगह मेहमान उतरता है, और उसे रात रहने के लिए जो कमरा दिया जाता है, वह उसे नापसन्द करके बख़याल ख़ुद एक ज़्यादा अच्छे माहौल वाला कमरा लेता है, जबकि मेज़बान उससे मना करता करता है कि इस कमरे में किसी भूत-प्रेत का साया है। ख़ैर, वह मेहमान हँसी-ख़ुशी उस कमरे में रात गुज़ारने के लिए जाकर कमरा अन्दर से बन्द कर लेता है। जब दिन चढ़ आने के बहुत देर बाद तक दरवाज़ा नहीं खुलता और न दरवाज़ा खटखटाने का कोई नतीजा निकलता है तो दरवाज़ा तोड़कर लोग अन्दर दाख़िल होते हैं। मेहमान

वहाँ मौजूद तो है, लेकिन वह घुटनों के बल है, उसके दोनों हाथ आगे बढ़े हुए हैं, गोया वह किसी चीज़ को रोकना या पीछे धकेलना चाहता है। या किसी चीज़ से मिन्नत कर रहा है कि और आगे न आओ। उसकी आँखें बन्द हैं लेकिन चेहरा ख़ौफ़ की शिद्दत से टेढ़ा हो रहा है। मेज़बान उसे जल्द से जल्द अस्पताल ले जाता है लेकिन रास्ते ही में मेहमान की मौत हो जाती है।

इस तरह की ख़ुराफ़ात से हम लोगों का दिमाग़ उन दिनों किसी भूत बंगला जैसी चीज़ से कम न था। अब मैं ख़याल करता हूँ तो ज़्यादा ख़ौफ़ (कम-से-कम मुझे) जुनून का था कि ऐसी बातें मुझ पर गुज़रें तो मैं होश-ओ-हवास खोकर पागल या दीवाना हो जाऊँगा। मुझे सड़क पर घूमनेवाले पागल या कमअक़्ल लोगों और शराब के नशे में चूर लोगों से बहुत डर लगता था। हमारे शहर में एक औरत सड़कों पर आवारा फिरती थी, ख़ुदा मालूम बूढ़ी थी कि अधेड़, लेकिन उसके सर पर थोड़े-बहुत बाल जो थे वे काले थे। एक गन्दा कंचीला-सा कुर्ता और वैसा ही आड़ा पायजामा उसके लिबास थे। वह पान बेइन्तिहा खाती, उसके मुँह से पान की पीक मुसलसल टपकती रहती थी और उसका गिरेबान दूर तक बिलकुल लाल रहता था। एक बार मैं अपने ख़यालों में गुम (उस वक़्त मैं कोई दस बरस का था लेकिन ख़यालों में गुम रहकर रास्ता चलना मेरी आदत थी। उस ज़माने में सड़कों पर सिर्फ़ पैदल मुसाफ़िर, या साइकिल सवार या इक्का-दुक्का रिक्शे और यक्के होते थे) कहीं से चला आ रहा था कि घर के पास ही अचानक किसी चीज़ से टकरा गया। चौंककर ऊपर देखा तो वही मजनूना थी। देखने में तो उस पर इस बात का कोई असर न था कि मैं उससे टकरा गया था। वह मुझे बिलकुल ख़ाली आँखों से देख रही थी लेकिन रास्ता उसने फिर भी न छोड़ा था। मेरे मुँह से हलकी-सी चीख़ निकल गई और उसका रास्ता काटकर मैं अन्धाधुन्ध घर को भागा।

मैं भी कितना ज़्यादा बचकाना मिज़ाज का शख़्स हूँ। इतनी उम्र होने को आई लेकिन छह साढ़े छह दहाई पहले की वे सब बातें कहीं न कहीं दिल में बैठी हुई हैं। वे इतनी दूर भी नहीं हैं कि उनको खींचकर

होश की सतह पर आ जाने में कुछ देर लगे या सोचना और ख़ुद को खँगालना पड़े। एक ज़माने में मुझे भूत-प्रेत, ग़ैरअक़्ली, प्रकृति के विपरीत बातों और घटनाओं, ख़ौफ़ और घिनौनेपन वाले वाक़्यात (मिसाल के तौर पर आदमख़ोरी) पर आधारित कहानियाँ पढ़ने का बहुत शौक़ था। अब भी मेरे पास ऐसी कहानियों के संग्रह और उपन्यासों का ख़ज़ाना है, हालाँकि एक बार मैंने जगह की कमी की वजह से ऐसी बहुत सारी किताबें दूसरों को दे डालीं। (जिसका अब तक मुझे अफ़सोस है)। फिर भी, इस वक़्त मेरे पास अच्छी-ख़ासी लाइब्रेरी बाक़ी रह गई है जिसमें वक़्त-वक़्त पर इज़ाफ़ा ही होता रहा है।

मुझे नींद तो आ रही है, लेकिन बहुत ही हलकी-सी। शायद ये नींद नहीं है, मेरा थका हुआ दिमाग़ है। अंग्रेज़ शाइर टामस लव पीकॉक की बहुत-सी नज़्में भूतों के बारे में हैं। पीकॉक भला ये भी कोई नाम हुआ, मगर अंग्रेज़ों में ऐसे, बल्कि इनसे भी बढ़कर अजीब नाम होते हैं। एक और शाइर साहब का नाम था John Drinkwater और Long और Short नाम तो अब भी बहुत सुनने में आते हैं। ब्लैक (Blake, Black), व्हाइट (White, Wight), ग्रे (Gray, Grey) डार्क (Dark), ग्रीन (Green, Greene) ये नाम भी दुर्लभ नहीं हैं। टाइगर (Tiger) और स्नेक (Snake) मैंने नहीं देखे, लेकिन अट्ठारवीं सदी के मशहूर नाटक लेखक शेरिडन के सबसे कामयाब नाटक में एक किरदार स्नेक नाम का है, मगर ख़ैर वह तो हास्य और व्यंग्य के तौर पर रचित नाम था। लीजिए मैं तो नामों की ख़तौनी लेकर बैठ गया (या पड़ गया)।

तो पीकॉक साहब की जो नज़्म मुझे बहुत पसन्द थी, अफ़सोस कि अब मुझे उसके दो-तीन ही मिसरे याद हैं। नज़्म में एक भूत है जो एक हसीना पर आशिक़ है। वह हर रात उसके सिरहाने आकर एक गीत गाता है कि 'मर जा, अरे मर जा।' नज़्म का ख़ात्मा याद नहीं, लेकिन शुरू के चन्द मिसरे याद हैं :

A ghost that loved a lady fair,
Soft by midnight at her pillow stood,
Ever singing 'Die, oh Die.'

उस वक़्त, बल्कि आज भी जो बात मुझे इस नज़्म में सबसे हैरतनाक लगती है, वह यह नहीं कि कोई भूत किसी लड़की पर आशिक़ हो जाए। हमारे यहाँ तो औरतों पर प्रेतात्मा, शेख़ सद्दू, जिन, परी आते ही रहते हैं। (हज़रत ग़ौसी अली शाह साहब के यहाँ लोग ऐसे मामलों में तावीज़ माँगने आते थे। आप तावीज़ दे तो देते, लेकिन अक्सर फ़रमाते कि अंग्रेज़ की औरतों पर कोई जिन या प्रेतात्मा क्यों नहीं आती? अंग्रेज़ का इक़बाल बुलन्द है इसलिए उसकी औरतें भी महफ़ूज़ हैं। बात तो मज़ेदार है, लेकिन मेरे ख़याल में असल मामला विश्वास का है। और एक बात ये भी है कि ग़ौसी अली साहब का भी मतलब शायद ये रहा होगा कि ये सब विश्वास की बात है। अंग्रेज़ को जिन और परी और शेख़ सद्दू वग़ैरह पर नहीं, लेकिन भूत और आत्मा पर विश्वास है और उसका विश्वास है कि इनका असर औरतों पर या मर्दों पर नहीं बल्कि घरों पर होता है। हमारा विश्वास, इस्लामी विश्वास के मुताबिक़, भूत-प्रेत पर नहीं, लेकिन जिन्नात, परी वग़ैरह पर है)।

मेरे लिए पीकॉक साहब की नज़्म में असल हैरतअंगेज़ बात ये थी कि उस भूत को पूरा यक़ीन था कि उसकी माशूक़ा मरकर भूत (या भूतनी?) ही बनेगी। ख़ुदा ही जाने। उनकी एक नज़्म और थी जिसमें दो भूतों की मुलाक़ात होती है तो एक पूछता है, 'कहो क्या हाल है?' दूसरा कहता है, 'पता नहीं जी, मैं तो कल ही मरा हूँ।' उर्दू में ये मामला सचाई से परे लगता है। लेकिन अंग्रेज़ शाइर ने हल्के से हास्य के साथ ख़ौफ़ या सनसनी की थरथरी भी रख दी थी। (शायद इसलिए कि अंग्रेज़ क़ौम के साथ-साथ अंग्रेज़ी ज़ुबान भी भूतों पर विश्वास रखती है)।

अभी सुबह नहीं होनेवाली। हमारे घर के पीछे एक ख़ासा बड़ा तालाब था जिसे लोग 'गढ़ी' कहते थे। अब मुझे ख़याल आता है कि 'गढ़ा' की स्त्रीलिंग के एतबार से तो 'गढ़ी' 'बहुत छोटा गढ़ा' के मानी में होना चाहिए था। इतने बड़े तालाब को 'गढ़ी' कहने के क्या मानी हैं। लेकिन मेरी मरहूमा माँ भी अपने पूर्वजों के तालाब को, जिसमें मछलियाँ ख़ूब होती थीं, गढ़िया कहती थीं। ज़ुबान के खेल निराले हैं। बहरहाल हमारी

गढ़ी में मछलियाँ नहीं, लेकिन जोंकें, घोंघे और पानी के चींटे बेशुमार थे। ये पानी के चींटे भी ख़ूब थे, निहायत दुबले-पतले, बिलकुल वैसे जैसी वे तंग और पतली और लम्बी, हलकी बादबानी नावें जिन्हें 'निनास' कहते हैं, या जैसे कश्मीरी शिकारे, बेहद हलके-फुलके। काला-भूरा रंग जिसे स्टील ग्रे कहिए, और इतनी लम्बी-लम्बी टाँगें जैसे वे सरकस के जोकरों की तरह पाँव में बाँस बाँधे हुए हों। वे पानी की सतह पर इतनी तेज़ दौड़ते जैसे दौड़ के मैदान में ग्रे हाउण्ड कुत्ते दौड़ते हैं। मुझे अब ये तो नहीं याद कि वे कितनी दूर तक दौड़ते-दौड़ते निकल जाते थे (गढ़ी काफ़ी चौड़ी थी, या मुझे वह चौड़ी लगती थी)। मुझे याद नहीं कि कोई चींटा कभी इस पार से उस पार पहुँचता हुआ दिखाई दिया हो। लेकिन वे जानवर बिलकुल नन्हे-मुन्ने और हलके-फुलके थे और गढ़ी का पानी भी कुछ बहुत साफ़ न था, इसलिए अगर वे उस पार निकल भी गए होते तो मुझे नज़र न आ सकता था कि वे उस किनारे पहुँच ही गए हैं। लेकिन जहाँ तक मुझे याद आता है, उनकी दौड़ यही कोई दो-ढाई फ़ुट की होती थी और वे मुझे एक छोटे-से पानी को अलग करनेवाले हिस्से में दौड़ते-भागते नज़र आते थे, अपने प्रति एक अजब महत्त्व का एहसास और ख़ुद अपनी बड़ाई का रंग लिए हुए जैसे वह सारा पानी उन्हीं के लिए बनाया गया था। अक्सर मैं देखता कि वे एक तरफ़ दौड़ते हुए गए, फिर अचानक कन्नी काटकर किसी तरफ़ निकल गए। चरागाहों में कुलेलियाँ करते हुए हिरन के बच्चों और घोड़े के बच्चों की तरह उन्हें एक़दम क़रार न था।

अपनी दौड़ में डूबे हुए चींटों को देखकर कभी-कभी मैं सोचता कि जंगी जहाज़ हैं और जंगी तैयारियों में लगे हैं। या समुन्दर पार करनेवाले हलके जहाज़ हैं जिन्हें कुछ गिने-चुने मुसाफ़िरों को ले आना और वापस ले जाना होगा। ऐसी सोच के वक़्त जहाज़रानी और मुहिम तय करने और जोखिमों को हँसते-खेलते पूरा कर लेने का सनसनीखेज़ एहसास भी शामिल हो जाता था। चूँकि मैंने उन्हें कभी डूबते न देखा था, इसलिए मुझे यक़ीन था कि वे बड़े माहिर जहाज़ी हैं, सिन्दबाद जहाज़ी की तरह नहीं हैं कि जिसका जहाज़ आए दिन तूफ़ानी हो जाया करता था।

घोंघे वहाँ बहुत थे, गोल, लम्बे, टेढ़े बदनों वाले, जैसे किसी साधू के सर पर लिपटी हुई लम्बी जटाएँ। मुझे कभी उनसे दिलचस्पी न हुई। कहाँ वे मेरे साहसी और ख़ूबसूरत और हवा की रफ़्तार वाले चींटे और कहाँ ये भोंडे, भदेसल, एक जगह पड़े रहनेवाले घोंघे। कभी-कभी मेरा हाथ लग जाता तो बड़े चिपचिपे और गीले मालूम होते (नहीं, उनमें से कुछ ख़ुश्क भी होते थे)। आख़िर वे थे ही किस काम के? पानी में रहनेवाले (ऐसा मेरा ख़याल था) लेकिन पानी पर तैरने से कतरानेवाले। दरिया के किनारे वे लम्बोतरे, हल्के-फुल्के और सफ़ेद-गुलाबी रंग के घोंघे और ही चीज़ थे जिनके दर्शन मुझे बहुत ही कम होते थे क्योंकि हमें दरिया पर जाने की सख़्त मनाही थी। और उन दरियाई घोंघों की बड़ी ख़ूबी ये थी कि वे मुर्दा होते थे, इसलिए उनसे कोई ख़तरा या किसी चिपचिपाहट, किसी घिन के एहसास का ख़तरा न था।

जोंकें तो मैंने शायद वहाँ देखी नहीं, लेकिन गोल, मन्दिरनुमा घोंघों के नीचे से दो लम्बी, लाल, मटमैली भूरी पतली ज़ुबानों-सी कभी-कभी निकल आती थीं। मेरे गाँव वाले साथी मुझे ख़बरदार करते थे कि उन्हें कभी हाथ न लगाना, क्योंकि ये भी जोंक की तरह ख़ून निकाल लेती हैं। सरपत की तेज़ पत्ती की तरह या छोटे-से धारदार चाक़ू के फल की तरह ये तुम्हारे बाज़ुओं या हाथ पर लम्बी-सी ख़ूनी लकीर छोड़ जाएँगी। अब मुझे ख़याल आता है कि ये सब बच्चों का झूठा ख़ौफ़ या शरारत-भरा ढोंग था क्योंकि अब मुझे मालूम है कि वह लम्बी-सी धागे जैसी चीज़ें दरअस्ल घोंघे के पाँव हैं।

उस गढ़ी के किनारे, हमारे मकान के पिछवाड़े की तरफ़, और इतना नज़दीक कि मैं रातों को उसकी (दिन को) चमकीली (रात को) काली पत्तियों में हवा को शोर मचाते, लम्बी-लम्बी साँसें भरते, बन्द कमरे में अपने पलंग पर से गुज़रते सुनता और महसूस करता था। वे रातें मेरे लिए बड़ी क़यामत की होती थीं। मेरी माँ तो दादी के घर में दूसरी बहुओं के साथ खाना पकाने, खिलाने और खाने में लगी रहतीं। और मेरे बाप रात की नमाज़ (शायद ईशा, शायद मग़रिब) के बाद दादा की महफ़िल में देर

तक बैठे रहते। ख़ुदा मालूम क्या-क्या बातें करते होंगे। लड़ाई के दिन थे (मेरा ख़याल है वह साल 1943 या 1944 रहा होगा), इसलिए लड़ाई में अंग्रेज़ों की जीत या हार के चर्चे ज़रूर होते होंगे, और चूँकि सारा घराना बहुत मज़हबी था, इसलिए अल्लाह रसूल की बातें भी होती होंगी। ज़ाहिर है कि सब लोग मुझे अपने बाप के घर में पूरी तरह सुरक्षित और गहरी नींद में हर ख़ौफ़ और हर अस्तित्व से बेख़बर समझते होंगे। घर, जिसके एक सिरे पर, गढ़ी की परली तरफ़ एक सुनसान शौचालय था जिसे कोई इस्तेमाल न करता था लेकिन वह बन्द भी न रहता था। मगर गढ़ी की तरफ़ उसमें कोई खिड़की या दरवाज़ा न था, इसलिए उसे हर तरह सुरक्षित समझा जाता था। चारों तरफ़ ऊँची दीवार भी थी, ख़ास कर पीपल के पेड़ और गढ़ी की तरफ़, और जिसका दरवाज़ा शायद खुला रहता होगा लेकिन उस घर की स्थिति ऐसी थी कि दरवाज़े पर आनेवाला कई लोगों की निगाह में रहता (या कम-से-कम मेरे माँ-बाप का यही ख़याल रहा होगा)। ऐसे हालात में आठ-नौ साल के समझदार, स्कूल जानेवाले और अंग्रेज़ी पढ़नेवाले लड़के के लिए किसी ख़ौफ़ की बात घटित होना मुमकिन ही कहाँ था?

लेकिन आह, मेरे माँ-बाप को क्या मालूम था कि वही पीपल का पेड़ जो दिन को बहुत दोस्तदार और ख़ुशगवार और हरियाला सायादार पड़ोसी था, शाम फूलते ही दुश्मन, और मुझसे ख़ुदा जाने किस क़ुसूर का बदला लेने या ख़ुदा जाने कब की दुश्मनी निकालने पर आमादा, ख़ून ख़ुश्क कर देनेवाला भुतहा बन जाता था। और वे हवाएँ, जिन्हें वह बार-बार मुझे धमकाने के लिए मेरे सर के ऊपर, मेरी छत के ऊपर, सरपट दौड़नेवाले घोड़े की तरह दौड़ाता था। और क्या रात के वक़्त वे सारे घोंघे और वे मेरे दोस्त चींटे, और शायद पानी की तह में ख़ुफ़िया ज़िन्दगियाँ गुज़ारनेवाले जीव, सब उस पीपल पर चढ़कर चुड़ैल और जिन्नात बन जाते थे? या शायद वह पीपल का घना, लम्बा, ग्रान्डियल पेड़ ही कोई जिन बन जाता था? या हवाओं के शोर का फ़ायदा उठाते हुए कोई चुड़ैल, कोई बरम, कोई पिशाच, चुपचाप पीपल से उतरकर मुझको दबोचने ही वाला होता था?

ख़ुदा जाने पीपल के पेड़ में इतनी ताक़त कहाँ से आती थी। आज भी इस ताक़त का प्रदर्शन मैं इस तरह देखता हूँ कि शहर में जहाँ अब मैं रहता हूँ, एक पीपल वहाँ से कम-से-कम एक-डेढ़ मील की दूरी पर सड़क के उस पार खड़ा है। वहाँ कई पेड़ और भी हैं, जैसे कि सड़कों पर होते हैं। आँधी तो एक तरफ़, तेज़ हवा भी शहर के इस हिस्से में कभी-कभी ही बहती है। लेकिन मेरे घर की कोई दीवार, लॉन का कोई भाग, अन्दरूनी आँगन का कोई भी हिस्सा ऐसा नहीं जहाँ पीपल के पौधे तकलीफ़देह और परेशान करनेवाले अन्तराल से न उग आते हों। हज़ार बार उखड़वाता हूँ, सैकड़ों बार ख़ुद नोच कर फेंकता हूँ, लेकिन तौबा कीजिए, वे कहाँ हार मानते हैं। मैं हार मानते-मानते रह जाता हूँ। जानता हूँ कि इन पौधों को अगर बढ़ने दिया गया तो ये जानलेवा दीवार, छत, सबको तोड़-फोड़ डालेंगे। इसलिए हर महीने-दो महीने पर माली को टोकता हूँ, दूसरों की हिम्मत बढ़ाता हूँ कि भाई इन्हें ठहरने मत देना। मगर वे फिर आ जाते हैं। पीपल न हुआ, एडगर एलन पो की नज़्म 'द रेवन' का वह कुछ शैतानी-सा परबत काग हुआ जिसे नज़्म का बयान करनेवाला हज़ार कोशिश और उत्साह के बावजूद अपनी खिड़की, बल्कि यूँ कहें कि अपने सीने से हटा न सका था।

हर रात मेरी और पीपल के छतनार, दुश्मन, भूत जैसे काले रंग, ग़ैर इनसानी अस्तित्व और पचासों रेलगाड़ियों का एक साथ किसी पुल पर गुज़रने के शोर जैसा हंगामा करनेवाली हवाओं से जंग होती। और सुबह वह पीपल वही पहले जैसा सायेदार, ठंडा, और हलकी मिठास लिए हुए गोल-गोल छोटे-छोटे फलों वाला घर बन जाता। न जाने कितनी दोपहरें अपने माँ-बाप की आँख बचाकर वहाँ मैंने अपने साथियों के साथ पीपल की गोंदनियाँ चुनने और मज़े ले-लेकर खाने में गुज़ारी हैं। एक बार मेरे एक साथी ने ग़लती से बकरी की एक मेंगनी भी गोंदनी समझकर मुँह में डाल ली थी। (मैं आपको यक़ीन दिलाता हूँ वह मैं नहीं था)। यह घटना हम लोगों के लिए थोड़ी-बहुत तफ़रीह का सबब बनी ज़रूर थी, लेकिन हमें ये भी मालूम था कि इसकी ख़बर हमारे बड़ों को लग गई तो बड़ी डाँट

(और शायद मार भी) पड़ेगी, इसलिए हम लोगों ने बहुत जल्दी ही इस विषय को अपनी गुफ़्तगू से बाहर कर दिया।

आज ख़ुदा जाने कितनी मुद्दत बाद मैं गाँव में वापस आया हूँ। कल मुझे दादा की ज़मीन पर नये बने स्कूल का उद्घाटन करना है। दादा के दरवाज़े पर नीम का पेड़, जिसके नीचे ख़ानदान के लोगों के साथ गाँव का हर अजनबी मुसाफ़िर खाना खाता था, अब नहीं है। जिस पेड़ की छाँव में इस वक़्त मैं लेटा हुआ सोने की कोशिश कर रहा हूँ, उसकी उम्र मुश्किल से तीस-चालीस बरस होगी। वह गढ़ी और वह पीपल तो इस तरह अस्तित्व से दूर हो चुके हैं जैसे कभी थे ही नहीं। हम तो जैसे यहाँ के थे ही नहीं, 'ख़ाक थे आसमाँ के थे ही नहीं' जोन इलिया ने हिजरत के परिदृश्य में कहा था। इन बेचारों को क्या मालूम कि हम लोग जो यहीं के थे और कहीं न गए, हम लोगों का सारा बचपन, सारा लड़कपन, तमाम उठती हुई जवानियाँ, तमाम दोस्तियाँ और दुश्मनियाँ उन पेड़ों के साथ गईं जो कट गए, उन ताल-तलैयों के साथ डूब गईं जो सूख गए, उन राहों से उठा ली गईं जिन पर घर बन गए। ऐ तू जो शहर के बाहर खड़ा इस तरह बेतहाशा रो रहा है, बोल तूने अपनी जवानी के साथ क्या किया? मुझे वर्लेन के मिसरे याद आए। लेकिन मैंने तो कुछ करके दिखाया है, मैं आज दूर शहर से बुलाया गया हूँ कि स्कूल की इमारत का उद्घाटन करूँ। मैं अब काफ़ी महत्त्वपूर्ण आदमी हूँ, वह छोटा-सा लड़का नहीं जो दिल ही दिल में अपने बाप से नाराज़ रहता था कि रात के खाने के बाद मुझे आम और ख़रबूज़ों में से उतना हिस्सा क्यों नहीं मिलता जितना मैं चाहता हूँ? लेकिन इस गली से किसी ने न कहा था कि जानेवाले यहाँ के थे ही नहीं। मैं तो यहीं का था, या शायद नहीं था। भला कौन अपने दिल में और सर पर उन भूत-प्रेतों, चुड़ैलों, जिन्नातों, तेज़ चलकर डराती हुई हवाओं और भयानक मुस्कराहट मुस्कराकर दूर से इशारा करके बुलानेवाली बलाओं का पीला, गन्दा, काला ख़ून लिये-लिये फिर सकता था।

मगर वह दुनिया हर तरफ़ हैरान करनेवाली, हर तरह से जुरअतों को आवाज़ देनेवाली, हर लम्हा विस्तार और गहराइयों का एहसास दिलानेवाली

दुनिया थी। जिस बैतुलख़ला (शौचालय) का ज़िक्र मैंने अभी किया (ख़ुदा जाने क्यों हम लोग भी उसे बैतुलख़ला कहते थे पाख़ाना नहीं) उसके बारे में मशहूर था कि अगर कोई चालीस दिन तक लगातार उसमें जाकर 'सलाम अलैकुम' कहे तो इकतालीसवें दिन उसकी मुलाक़ात एक जिन से हो जाएगी जो वहीं रहता है। मैंने सुना था कि एक बार एक साहब ने चालीस दिन तक 'सलाम अलैकुम' वहाँ जाकर कहा तो इकतालीसवें दिन सचमुच एक शख़्स उन्हें नज़र आया जो था तो इनसानों जैसा लेकिन उसका क़द आसमान को छूता हुआ मालूम हो रहा था। बैतुलख़ला की छत बहुत ऊँची न थी लेकिन उस वक़्त इतनी ऊँची, इतनी ऊँची हो गई थी कि ठीक से नज़र न आती थी। 'व अलैकुम अस्सलाम' एक बड़ी गूँजती हुई-सी आवाज़ आई, जैसे बहुत बड़ा नक़्क़ारा बज उठा हो, या जैसे कोई बहुत बड़ा, बहुत ही बड़ा साँड़ डकार रहा हो।

उसके बाद क्या हुआ, ये बतानेवाला कोई न था। लेकिन वह पीपल अब फिर मेरे सामने है...नहीं, पीपल नहीं, लगता है कोई शख़्स कहीं बुलन्दी से उतर रहा हो, शायद नीम के उस पेड़ से जिसके तले मैं सो रहा हूँ। धुँधली, लम्बी सूरत, नहीं बहुत लम्बी नहीं लेकिन कुछ घनी-घनी-सी। और वह पीपल अब उसके पीछे है और उस पीपल से अब कुछ नीली, कुछ काली-सी रोशनी फूट रही है। बहुत हलकी रोशनी लेकिन वह सूरत, वह पीपल का पेड़...नहीं, वह इनसानी सूरत, मुझे साफ़ दिखाई देती है। कोई इनसान है, डरने की क्या बात है? कोई बूढ़ा, पुराना मुसाफ़िर होगा जो यहाँ रात के लिए जगह माँगने आया है। सुबह चला जाएगा। मगर, मगर उसके कपड़े तो बहुत ही पुराने ज़माने के हैं। हम लोग ऐसे मौक़े पर 'दक़्यानूसी' लफ़्ज़ इस्तेमाल करते थे, अब बहुत दिन से ये लफ़्ज़ सुनने में नहीं आया।

अजनबी आकर मेरे पलंग की पाइँती खड़ा हो गया है। नहीं, मैं उसे अपने पलंग पर रोने न दूँगा। रोने? नहीं सोने। हरगिज़ सोने न दूँगा। मैं चाहता हूँ उठकर उससे पूछूँ, कौन हो तुम? और साथ ही सामने कोई पचास क़दम दूर परदादा की मस्जिद में सोये हुए अज़ान देनेवाले शख़्स को आवाज़ दूँ। लेकिन मेरा बदन कुछ अकड़-सा गया है। आवाज़ के

अज़लात (मांसपेशियाँ; अज़लात भी क्या फ़ुज़ूल लफ़्ज़ है, जैसे बहुत सारे मोटे-पतले तार झनझना गए हों) में वह लचक नहीं रह गई, जिसके ज़रिये आवाज़ बनती है।

गर्मी तो कुछ ख़ास नहीं है लेकिन मेरे सारे बदन में, ख़ासकर माथे पर, गिरेबान और बग़ल में अजीब तरह की तरी है। मुझे चाहिए कि उठकर पसीना सुखाऊँ, हो सके तो कहीं से पंखा झलने के लिए किसी चीज़ का इन्तज़ाम करूँ।

रौशनी अब इस अजनबी के पीछे ही नहीं, उसके चारों तरफ़ भी है। अब मैं उसे अच्छी तरह देख सकता हूँ। ये कम्बख़्त कुछ बोलता क्यों नहीं? दरमियाना क़द, गठा हुआ बदन, सर पर भारी लेकिन मज़बूत बँधी हुई पगड़ी, काले कपड़े की, जिसमें सफ़ेद धारियाँ हैं। बदन पर सूती शलूका, कुछ ऊँचा लेकिन आस्तीनदार। कपड़े का रंग इस वक़्त तै करना मुश्किल है। शलूके पर आधी आस्तीनों का अँगरखा किसी फूलदार मोटे कपड़े का, ज़ैन के कपड़े का ऊँचा पायजामा, पिंडलियों पर चुस्त लेकिन कमर के नीचे ढीला। पायजामे की लम्बाई पिंडलियों के नीचे तक नहीं है। कमर में एक दुपट्टा बहुत तंग कसा हुआ। उसमें एक ख़ंजर या छुरा लगा हुआ। (ये कोई ख़ूनी क़ातिल वग़ैरा तो नहीं?) लेकिन ख़ंजर म्यान में है। म्यान बहुत सादा किसी लकड़ी या सींग की बनी हुई है। ख़ंजर का क़ब्ज़ा भी बेल-बूटों से ख़ाली है। पाँव में जूतियाँ हैं कि नहीं, पता नहीं लगता। गले में छोटा-सा हार किसी पत्थर का, लेकिन क़ीमती या चमकदार नहीं। मूँछें कुछ-कुछ लम्बी लेकिन बहुत घनी नहीं, हाँ, मुँह के दोनों तरफ़ उन्हें बल दे रखा था। दाढ़ी एक मुट्ठी से कम लेकिन काफ़ी नुमायाँ और तिल चावली। डाकू तो नहीं लगता। और डाकू इस तरह चुपके-चुपके तने तनहा थोड़ा ही आ जाते हैं।

मैंने दोबारा उठना चाहा, लेकिन फ़ुज़ूल। आवाज़ भी इस तरह बन्द थी, गला उसी तरह ख़ुश्क था।

> 'बन्दगी अर्ज़ करता हूँ हुज़ूर, ख़ाने दौराँ, आली जाह।
> मिज़ाज सरकार का कैसा है?'

अजीब-सी आवाज़ थी, कुछ खोखली-सी। लहजा भी हमारी तरफ़ का न था। लेकिन पश्चिमी ज़िलों वाला जैसा भी न था। लगता था ये शख़्स मुद्दतों फ़ारसी बोलनेवालों के साथ या आस-पास रहा हो। पच्छिम वाले ज़रा ठहर-ठहरकर बोलते हैं। ईरानी, यानी आज के ईरानी, अल्फ़ाज़ को तेज़ी से अदा करते हैं। इस शख़्स की भी अदायगी ज़रा तेज़ थी। हाव-भाव में चाटुकारिता के बावजूद लहजे में कुछ ताक़त और सख़्ती थी।

नींद का एक झोंका आया। मेरी आँखें बन्द होती चली गईं, हवा भी ठंडी और मीठी हो गई थी।

दूसरा अध्याय

ख़ुदावन्दे आलम सिकन्दर सुल्तान लोदी इब्ने सिकन्दर सुल्तान लोदी फ़रमाँ रवाँ बीस साल से मुल्के हिन्दुस्तान, पंजाब, दोआबा-ए-हिन्द और पूरब और बंगाल से बुन्देलखंड तक के इलाक़े पर निहायत शान और दिल जमई और इंसाफ़ और इरादे और शान के साथ थे। ये आख़िरी बरस (1517) उनकी बाबरकत हुकूमत का था। लेकिन ख़बर किसी को क्या थी कि इक़बाल सिकन्दरी का यह सूरज अब आख़िरी किनारे पर है। रोम शहर के आगे पूरब में इस्लामी हुकूमत का केन्द्र, ठंडक देनेवाला शहर, यानी हज़रते देहली को छोड़कर ख़ुदावन्दे आलम ने एक नया शहर ग्वालियर से कुछ ऊपर देहली के दक्षिण में आगरा नाम का सन् 1504 में बनवाकर उसे अपनी राजधानी ठहराया था। ख़ुदावन्दे आलम का ज़्यादातर वक़्त नये शहर की सजावट और विस्तार में ख़र्च होता था। सारी हुकूमत में दबदबा ख़ुदावन्दे आलम के बल पर अम्न-ओ-अमान हर तरफ़ था। कहीं भी, कुछ भी लम्बी-चौड़ी शानदार सल्तनत में घटित होता, ख़ुदावन्दे आलम को पलक मारते में ख़बर उसकी लग जाती थी। लोगों में विश्वास था कि ख़ुदावन्दे आलम हुज़ूर सुल्तान सिकन्दर के क़ब्ज़े में कई मुवक्किल हैं, जैसाकि कहा जाता है क़ब्ज़े में सिकन्दर ज़ुल्क़रनैन के भी थे। और ये

मुवक्किल सुल्तान सिकन्दर के, उन्हें आगाह और बाख़बर पूरी तरह से रखते थे। किसी को मजाल ज़ुल्म करने की न थी।

मैं गुल मुहम्मद, उम्र कोई पचास साल (सही उम्र वालिदा को मेरी मालूम थी लेकिन अब वे मुद्दत हुई इस दुनिया में नहीं हैं) अपने पूर्वजों के गाँव से बाप अपने के साथ देहली आ गया था। उस वक़्त मेरा लड़कपन था, ख़ुशहाली के दिन थे। बाप ख़ाने जहाँ लोदी जो मशहूर आलम मसनद अली ख़ान के नाम से थे, उनकी डेवढ़ी पर उम्र-भर दरबान रहे। मैं अकेली औलाद, खेलने-खाने से फ़ुर्सत न मिलती थी। इसलिए बाप मेरे ने मुझे ख़ाने जहाँ के दूसरे नौकरों के बच्चों के साथ हवेली के मौलवी के सुपुर्द कर दिया। इसके बाद उम्र अभी ग्यारह ही बरस की थी कि मुझे ज़माने में मशहूर शेख़ अस्त्र शाह अल्लाह दिया साहब जौनपुरी के बेटे जिगर बन्द शेख़ भिखारी साहब देहलवी के मदरसे में डाल दिया गया। तीन-चार बरस तक मदरसे में ख़ूब कटाई-मँझाई हुई। शेख़ भिखारी साहब को तक़रीर से ज़्यादा तहरीर से दिलचस्पी थी, इसलिए असली काम तालीम का उनके शागिर्दों के सुपुर्द था। मैंने जहाँ तक हो सका, पढ़ाई मेहनत से की। थोड़ा-बहुत लगाव शेरगोई से था, इसलिए मुतअव्वल और अलमुअजम और बाद में असरारुल बलाग़ा और एजाज़-ए-अलक़ुरआन और अलबयान व अत्तबईन में थोड़ी-बहुत महारत हासिल की। बाक़ी अक़्ली से हासिल ज्ञान हो या परम्परा से हासिल ज्ञान, एक ज़रा-सा तारों की पहचान का इल्म और फ़ार्म के इल्म के सिवा कुछ मेरे पल्ले न पड़ा।

मैंने हज़रत शेख़ जमाली कम्बूह की ख़िदमत में हाज़िरी देनी शुरू की और शेर कहने की कला के कुछ गुर उनसे हासिल किए। लेकिन मुझमें कमाल शेरगोई का हक़ीक़त में न था। एक दिन मेरी ग़ज़ल को काटते हुए उन्होंने फ़रमाया :

> 'मियाँ साहब, तुम शाइर नहीं हो सकते, मैं देख रहा हूँ तुम्हारा शौक़ तैराकी और कुश्ती में है, तुम्हारे लिए सिपहगिरी का पेशा ठीक रहेगा।'

मुझे बुरा तो बहुत लागा। अफ़सोस भी बेहद हुआ, लेकिन इसको क्या कीजिए कि हज़रत शेख़ ने मुझे बहुत बार जमुना के किनारे पर पतंग उड़ाते, या बाबा सुल्तान जी साहब की बाउली में तैराकी करते, या उस्ताद भूपति राय माहिर कुश्तीगिरी की ख़िदमत में हाज़िर होते भी देखा था। बसन्त फूलती या मीलाद शरीफ़ के दिन आते या होली का त्योहार होता, मैं हर उस जगह मौजूद रहता जहाँ सैर और गुलछर्रों के मौक़े उपलब्ध होते। हज़रत शेख़ का आना-जाना कहाँ न था, तुग़लक़ाबाद से लेकर कोटला फ़ीरोज़शाह तक उनके शागिर्द फैले हुए थे। सुबह से शाम तक वह अपनी पालकी में शहर की सैर करते या शागिर्दों और अक़ीदतमन्दों के दीवानख़ानों में शेर-ओ-सुख़न की महफ़िलों के सद्र-मजलिस होते। उन्हें ख़ूब मालूम था कि बन्दा नहीं टलनेवाला गुल मोहम्मद जैसा था, अपने शौक़ और अपने लहू व आदतों को छोड़नेवाला मैं न था।

इस तरह न तो मैं शाइर बन सका, न ही विद्वान। बस ये ज़रूर था कि अरबी-फ़ारसी का हलका-फुलका ज्ञान, थोड़ा-बहुत गणित का ज्ञान, जो मैं हासिल कर सका था, मेरे बहुत काम आया। अपने खिलन्दड़े दोस्तों में तो मैं मौलाना गुल मुहम्मद देहलवी के नाम से मशहूर हो गया था। बाप का घर सोने और खाने के लिए, और देहली का शहर सैर-सपाटों और खेल-कूद के लिए, फिर और क्या चाहिए था। ये ज़रूर है कि बाप ने शादी मेरी बरस अट्ठारह की उम्र में कर दी। बीवी और गृहस्थी से लगाव मुझे इतना ही था जितना किसी ऐसे जवान को होता है जिसे शहर की हवा लग गई हो।

बाप के होते फ़िक्र बाल-बच्चों की किसे होती। कभी-कभी तीज-त्योहार के ज़माने में घर हो लिए, घर वाली के लिए शीराज़ी जूतियाँ, भागलपुरी नैनू और बनारसी कमख़्वाब हाथ में गठरी में बाँधे, बच्चों के लिए मथुरा और बदाऊँ के पेड़े, जो देहली में ख़ूब मिलते थे। हांडियों में रखवाए और चाँद निकलने के कुछ पहले घर पहुँच लिये। मेरी शादी के तीसरे साल बाप ने अचानक मर्ज़े फ़िरंग में जान दी। फ़िरंगी तो हमारे यहाँ दूर-दूर तक न था। लेकिन कहते हैं कि अब से दूर एक बार सारे मुल्के फ़िरंग में मर्ज़ प्लेग

का फैला और ऐसा फैला कि मुसाफ़िरों, या शायद जिन्नातों और शैतानों के माध्यम से पूरब के शहरों में भी जगह-जगह ठहर गया हो। तब से हर दो-चार साल बाद किसी न किसी इलाक़े में हिन्दुस्तान के ये ख़तरनाक मर्ज़ फूट पड़ता और सैकड़ों जानें लेकर ही जाता। उस वक़्त से लोग प्लेग को मर्ज़े फ़िरंग कहने लगे।

एक वचन ये भी है कि दरअसल मर्ज़े आतशक मर्ज़े फ़िरंग है, क्योंकि यह बला भी उन्हीं दयार और शहरों से हम तक पहुँची थी। लेकिन ये वचन ज़्यादा सच्चा नहीं है। मैंने सुना है कि शैख़ुर्रईस और इमाम राज़ी की किताबों में भी ज़िक्र आतशक का है। इस तरह आतशक की सूरत को मर्ज़े फ़िरंग क्योंकर कोई कहवे।

बाप के मरने का ग़म मैंने बहुत किया। और दूसरा उतना ही बड़ा ग़म रोज़गार हासिल करना और ख़ानदान की परवरिश करना था। कई मेरे मरहूम बाप की नौकरी और वसीले के रिश्ते यहाँ भी काम आए। ख़ाने जहाँ लोदी ने जब मेरी बदहाली सुनी और देखी तो मुझे ख़ाने दौराँ असद ख़ान इब्ने मुबारक ख़ान की टुकड़ी में अहदी बहाल करा दिया।

'सुन रहे हो साहब, आप सुन रहे हो न?'

'हाँ सुन रहा हूँ,' मैंने लापरवाही से कहा और दूसरी करवट सो गया। या शायद सोने की कोशिश करने लगा। रात कुछ ठंडी-सी हो रही थी। मैंने बिस्तर की चादर में ख़ुद को लपेट लेने की कोशिश की।

अहदी से आपको ये गुमान न हो कि मैं मुग़ल बादशाह जलालुद्दीन अकबर के ज़माने के अहदियों में शामिल हो गया। अकबर बादशाह उस वक़्त कहाँ था। और अकबर के अहदी तो यूँ समझिए आपके वज़ीफ़ा पानेवाले क़िस्म के शख़्स थे, मुफ़्त की रोटी तोड़ते थे। ख़ुदावन्दे आलम सुल्तान सिकन्दर इब्ने सुल्तान सिकन्दर के अहदी फ़ौजी होते थे। सुल्तान के हर वक़्त के जाँनिसार और दिन-रात सीना सुपुर करने को तैयार। हमें अपना घोड़ा, अपनी ढाल-तलवार, ख़ंजर, फ़ौजी कपड़े और असलहा की देखभाल का इन्तज़ाम ख़ुद करना पड़ता था। इसके बदले ख़ुदावन्दे आलम के दरबार से माहाना दर से रक़म मिलती थी। और सर छुपाने को ख़ेमा

या बड़े-बड़े घर मिलते थे जिनमें दस-दस या और भी ज़्यादा अहदियों के सोने का इन्तज़ाम रहता था।

कहने को मैं नौकर था ख़ाने दौराँ असद ख़ान इब्ने मुबारक ख़ान का, लेकिन दरहक़ीक़त आक़ा मेरा ख़ुदावन्दे सुल्तान सिकन्दर था। ख़ाने दौराँ की ज़िम्मेदारी सिर्फ़ इतनी थी कि बख़्शी फ़ौज तक मुझे पहुँचाना और इस बात की ज़मानत कोतवाल के सामने लेना कि मैं बदमाशों में से न था और न कभी मैंने साथ किसी भी हुकूमत के बाग़ी का दिया था। अगर मुझसे कोई जुर्म होता, या मैं फ़र्ज़ को अदा करने में लापरवाह पाया जाता तो पहली जवाबदेही उन्हीं की थी। मुझे जो सज़ा मिलनी थी वह तो मिलती ही।

जब मेरा बाप इस दुनिया से सिधारा तो सुल्तान ख़ुदावन्दे आलम इब्ने सुल्तान सिकन्दर लोदी को तख़्ते सुल्तानी पर बैठे हुए दस साल हो चुके थे। चार दाँगे आलम में सुल्तान का दबदबा था। सल्तनत के दबाव की शोहरत और सिक्का और ऐलानों का पालन हिन्द से सिन्ध तक, पंजाब से बंगाल तक और देहली से धूर समुद्रा था। सुल्तान की हक़परस्ती और इंसाफ़परस्ती की एक घटना उन दिनों हर ख़ास-ओ-आम की ज़ुबान पर थी कि सम्भल के इलाक़े में एक ग़रीब किसान को अपने खेत में एक दिन एक काँसे का घड़ा मिला जिसमें सुल्तान अलाउद्दीन के ज़माने की पाँच सौ सुल्तानियाँ, यानी सोने के सिक्के थे। सम्भल के सूबे के हाकिम को मालूम हुआ तो उसने फ़ौरन सुल्तानियाँ ज़ब्त कर लीं। बेचारा किसान सुल्तान के दरबार में किसी न किसी तौर हाज़िर हुआ और उसने अर्ज़ी की तो सम्भल के हाकिम से जवाब माँगा गया। उस बदक़िस्मत ने हुकूमत के सामने ये जवाब भेजा कि ख़ुदावन्दे आलम की पाक ख़िदमत में अर्ज़ किया जाए कि वह किसान निकम्मा शख़्स है और हरगिज़ लायक़ और हक़दार इस ख़ज़ाने का नहीं।

ख़ुदावन्दे आलम ने फ़रमान सादिर फ़रमाया कि 'ऐ अहमक़, जिसने ये ख़ज़ाना इस ग़रीब को दिया है वह मुझसे और तुझसे ज़्यादा जाननेवाला है कि कौन किस मेहरबानी का हक़दार है। अशर्फ़ियाँ उस ग़रीब को फ़ौरन फेर दी जाएँ वर्ना सुल्तान की ग़ज़ब की आग तुझे दम के दम में नर्म

बिस्तर से ज़मीन के गर्म बिस्तर पर सुला देगी।' सम्भल का हाकिम इतना शर्मिन्दा हुआ कि अशर्फ़ियों की गागर ख़ुद लिये हुए उस किसान बच्चे की झोंपड़ी पर पहुँच गया और सौ तनके अपनी तरफ़ से देकर उसने किसान से राज़ीनामा लिखवाया।

एक बार थानेसर के इलाक़े से ख़बर आई कि हिन्दुओं ने एक-एक प्राचीन तालाब का नवनिर्माण करके वहाँ मेला एक हर महीने लगाना शुरू किया है और पूजा-पाठ भी करते हैं और घंटा और शंख भी बजते हैं। बस इस सन्दर्भ में सुल्तान का हुक्म क्या सादिर होता है? सुल्ताने वाला शान ने सबसे बड़े मुफ़्ती से मशविरा करके फ़रमान लिखवाया कि वह अपने मज़हब पर हैं, इसलिए जब तक उनके विश्वास और परम्परा की वजह से कोई ख़तरा अम्न-ओ-अमान के लिए न हो, उनसे हरगिज़ कुछ एतराज़ न किया जाए।

सल्तनत के इन्तज़ाम में हुशियारी और ख़बरदारी की ग़रज़ से हज़रते देहली और उसके आसपास में अस्सी हज़ार हथियारबन्द फ़ौज हर वक़्त तैयार रहती थी। कहीं से ज़रा भी बदअम्नी की ख़बर आई, सुल्तान के फ़ौजी हरकत में आ गए। तुग़लक़ाबाद, ग़यासपुर, बेगमपुरा, सीरी और केलूखेड़ी जो सल्तनत के पुराने शहर थे, इन सबमें मैदानों को विस्तृत, ऊँचा व फैला हुआ देखकर फ़ौजों के ख़ेमों के लिए मुक़र्रर कर दिया गया था। मैं जिस फ़ौज में था वह ग़यासपुर से ज़रा और किनारे जमुना पर निवास करती थी। इस नदी को जिनने देखा है वही इसके विशाल पाट का अन्दाज़ा लगा सकते हैं। बरसात में नदी पर महासागर का गुमान होने लगता। ग़ाज़ियाबाद में हिंडन के दूसरे किनारे से कुछ आगे दक्षिण की तरफ़ से लेकर और ओखले तक सारा इलाक़ा पानी से भर जाता। इसी बुनियाद पर इस इलाक़े को ख़ल्क़े अल्लाह व्यंग्य से पटपड़गंज कहने लगी थी, हालाँकि वहाँ मच्छरों, पिस्सुओं, जोंकों और दूसरे नुक़सानदेह कीड़ों के सिवा गंज (ख़जाना) के नाम पर कुछ न था।

वल्लाह, वे भी क्या ज़माने थे। बारह बरस में मेरी माहाना तनख़्वाह बारह तनके से बढ़ते-बढ़ते बीस हो गई थी। उस ज़माने में पाँच तनका

माहाना ख़र्च करनेवाले उजले ख़र्च से रहते थे। सुल्तान बहलोल लोदी को अल्लाह बख़्शे, उनका जारी किया हुआ ताँबे का सिक्का बहलोली कहलाता था। वह अब भी चलता था और उसमें ताक़त इतनी थी कि आदमी यहाँ से कोल तक का सफ़र अपने घोड़े के साथ करता तो एक बहलोल उसके लिए काफ़ी होता। मुझे अपने घोड़े के साज़-ओ-सामान, घोड़े की देखभाल करनेवाला, हथियारों की देखभाल पर बहुत ख़र्च करना पड़ता था, फिर भी मैं हर महीने तीन से चार तनके घर भिजवा दिया करता था। शराब की लत मुझे न थी लेकिन बाज़ारों और रण्डियों पर कुछ ख़र्च तो लाज़िम था ही और ऐसी महफ़िलों में कुछ शराब, कुछ नक़द तो बहरहाल ज़रूरतों में थी। मौलाना गुल मोहम्मद अब ज़रा पीछे छूट गए थे और गुल मोहम्मद के हथियारबन्द सिपाही कुछ आगे आ गए थे।

अब सुल्तान सिकन्दर का ये इक्कीसवाँ जुलूस का सन था। मेरी बेटी बारह बरस की होकर तेरहवीं में लगी थी। घर से ख़बर आई कि उसकी सगाई और फिर ब्याह आनेवाली बरसात से पहले हो जाए तो ख़ूब हो। मुझे बुलाया गया था कि जाकर सब मामलात तै कर दूँ। हालाँकि ख़ुदावन्दे आलम सुल्तान सिकन्दर इब्ने सुल्तान सिकन्दर ने शरीअत शरीफ़ की पाबन्दी पर बहुत कुछ ज़ोर दिया था, लेकिन हम उन तरफ़ों के गँवार मुसलमानों में हिन्दुओं की बूबास अभी बहुत कुछ बाक़ी थी। जुमा के सिवा हर दिन हम लोग हिन्दुआनी धोती पहनते थे। जुमे को अलबत्ता दूबर का ढीला सफ़ेद पायजामा गाढ़े का और महमूदी का कुर्ता पहना जाता था। हमारी औरतें घर से बाहर निकलती थीं लेकिन लम्बा घूँघट काढ़ कर। हर घर में एक सन्दूक़ था जिसमें दीवाली और दशहरे और ईद-बक़रीद-शबबरात के लिए सामान सँभालकर रखा जाता था। शादी की रस्में बहुत कुछ हिन्दुआना थीं। कन्यादान या दहेज की सूरत न थी लेकिन लड़के वाले शादी से पहले मँगनी लेकर ज़रूर आते और इस मौक़े पर शादी से कुछ ही कम ख़र्च होता। निकाह के बाद रुखसती (जिसे हम लोग गौन या गौना कहते थे) अक्सर बहुत देर से

होती थी। हिन्दुओं की तरह हमारे यहाँ बचपन की शादी का चलन तो न था लेकिन मँगनी, फिर निकाह, फिर गौन की रस्में कुछ-न-कुछ अवधि से होती थीं।

जेठ निकलकर अषाढ़ आनेवाला था जब मैंने घर जाने का इरादा किया। तीन-साढ़े तीन सौ तनकों का इन्तज़ाम मैंने कर लिया था कि शादी के ख़र्च इससे भला कम क्या होंगे। इरादा था कि शाम होने से पहले लेकिन अस्र के बाद चल निकलूँ कि मौसम ठंडा हो चुका होगा। एक मंज़िल करते-करते सूरज डूबने लगेगा, कहीं कोई अच्छी सराय देखकर रात गुज़ार लूँगा और सुबह ठंडे-ठंडे अपने गाँव नंगल ख़ुर्द पहुँच लूँगा। सफ़र का सामान बहुत थोड़ा रखा, तोहफ़े वग़ैरह की ज़रूरत न थी कि सारा सामान शादी और शादी की दूसरी रस्मों के लिहाज़ से घर की औरतों ही को ख़रीद करना था। सवारी के लिए घोड़ा था ही, और कुछ ज़रूरत सिपाही को न थी। मेरा रास्ता नहरे फ़ीरोज़शाही के बाएँ किनारे से लगा हुआ कई कोस चलकर फिर नहर से कट जाता था।

वज़ीरपुर पर नहरे फ़ीरोज़शाही ख़ुद ही मुड़कर करनाल और हिसार की तरफ़ रवाँ हो जाती थी। दोनों तरफ़ घने पेड़ और आती बरसात के बादलों की धुँधली रौशनी ने नहर के दोनों तरफ़ अर्ध अन्धकार-सा पैदा कर दिया था। एक जगह मोड़ इतना ज़्यादा था कि मोड़ के पहले और बाद के दोनों सिरे नज़र न आते थे। मोड़ में दाख़िल हो जाएँ तो जैसे दोनों तरफ़ की राह बन्द हो जाती थी। लेकिन ख़तरा कोई न था। हुकूमत में सुल्ताने वाला शान की राहें सब सुरक्षित थीं। और ये जगह तो हज़रते देहली से कोई पाँच ही छह करोह थी। दरहक़ीक़त मेरे लिए जगह रात के पड़ाव की यहाँ से बहुत दूर न थी। मैं घोड़े पर सवार गुनगुनाता दुलकी चलता चला जा रहा था। सामने एक पुलिया थी जिसके नीचे नाला अभी सूखा था। पुलिया के दूसरी तरफ़ एक बुढ़िया, निहायत तबाहहाल नज़र आई, मुझे देखते ही उसने कुछ दुआ देनेवाले लहजे में मगर ज़रा बुलन्द आवाज़ में पुकारा :

'अकेले-दुकेले का अल्लाह बेली!'

फिर उसने बहुत ग़रीबी भरे लेकिन फिर भी तेज़ आवाज़ में मुझसे कहा :

'अल्लाह की राह में कुछ दे दो बेटा। बेवा दुखिया पर तरस खाओ।'

मैंने सोचा, सफ़र में हूँ, नेक काम के लिए जा रहा हूँ, इस वक़्त इसे कुछ दे दूँ तो नेक सगुन होगा। फिर मैंने घोड़ा धीमा किया, रास को बुढ़िया की तरफ़ मोड़कर झुका, शलूके की जेब में हाथ डाला कि कुछ निकालकर बुढ़िया को दे दूँ। एक बार किसी ने मुझे पीछे से धक्का दिया। मैं ग़ुस्से में उसकी तरफ़ मुड़कर गाली देनेवाला था कि किसी और ने एक धक्का और दिया। मैं बेक़ाबू होकर बाईं तरफ़ को लड़खड़ाया। घोड़ा लड़खड़ाने लगा। रास मेरे हाथ से निकल गई। घोड़ा लड़खड़ाकर किधर गया, ये मैं न देख सका कि किसी ने इतनी देर में मेरे सर पर काला कपड़ा डालकर मुझे अन्धा कर दिया। कपड़ा इतना मोटा और पसीने की बदबू से भरा हुआ था कि मुझे उबकाई आ गई और मेरी साँस रुकने लगी। कपड़ा फ़ौरन मेरी गरदन पर कस दिया गया तो मैं समझा कि ये बटमार हैं। जान न बचेगी, मेरी बेटी का क्या होगा। मैंने कमर से ख़ंजर निकालना चाहा कि एक-दो को ख़त्म ही कर दूँ। ये क़ुरमसाक़ नहीं जानते कि किसके घर बयाना दिया है। एक-दो को तो मार ही कर मरूँगा।

मेरी साँस अब बिलकुल ही रुकी जा रही थी। उबकाइयों और ख़ंजर निकालने के लिए हाथ-पाँव मारने की कोशिश में साँस टूटी जाती थी। मैंने पूरी ताक़त से चिल्लाकर उन हरामज़ादों को माँ की गाली देनी चाही लेकिन अब तक मेरी मश्कें भी कस ली गई थीं। फिर टाँगें बाँधकर मुझे ऐसा बना दिया गया था जैसे बकरे को ज़िबह करके उसकी टाँगें बाँधकर कहीं और ले जाते हैं। मेरी कमर में मियानी बँधी हुई थी। उसे निहायत सफ़ाई से काटकर निकाल लिया गया। घोड़े के हिनहिनाने की आवाज़ सुनाई दी, फिर किसी ने उसको चुमकारा और चुप कराया। घोड़ों की चोरी में भी ज़ालिम इस ग़ज़ब के तजुर्बेकार थे कि देखने में घोड़ा भी पलक झपकते में राम हो गया। सारा काम मुकम्मल ख़ामोशी में हुआ था। फिर मेरे सर पर से

कपड़ा खींच लिया गया लेकिन इसके पहले कि मैं कुछ कर सकता, मेरे मुँह में एक और कपड़ा, पहले से भी ज़्यादा बदबूदार घुटन-भरा, ठूँसकर साथ-ही-साथ आँखों पर पट्टी बाँध दी गई। फिर कुछ दौड़ते हुए क़दमों और घोड़े की हलकी टाप की आवाज़। दोनों आवाज़ें बहुत जल्द मध्यम होकर ग़ायब हो गईं। किसी के साँस लेने की भी आवाज़ न सुनाई दे रही थी, बात करने या खाँसने-खँखारने या हँसने की तो बात ही क्या थी। मैं ये तो समझ ही गया कि ये दूसरे दर्जे के तजुर्बेकार बटमार हैं और वह बुढ़िया उनसे मिली हुई थी। लेकिन ये भी था कि वह मुझे जान से मारना न चाहते थे। उनकी मंशा महज़ ये थी कि मुझे बग़ैर हाथ-पाँव का करके छोड़ दें और इतनी दूर निकल जाएँ कि मैं उनका पीछा न कर सकूँ और न किसी को ख़बर उनके बारे में कर सकूँ।

मुझे अफ़सोस से बढ़कर गुस्सा था कि मैं सारी दुनिया में माने हुए सुल्तान की सारी दुनिया में मानी हुई फ़ौज का सिपाही और यूँ किसी कछुए की तरह पकड़ लिया जाऊँ कि रक्षा अपनी में एक वार भी न कर सकूँ। लानत है ऐसी सिपहगिरी पर, थू है ऐसी सुल्तानी पर कि जनता यूँ बेखटके दिन-दहाड़े लुट जाए। मैं यहाँ यूँ ही मजबूर पड़ा रहा तो क्या पता रात में किसी जानलेवा जानवर का शिकार हो जाऊँ। क्या ख़बर मुझे कोई और बटमार क़त्ल करके जो कुछ मेरे बदन के कपड़े और थैली में जो सत्तू और जलेबियाँ हैं और शलूके की जेब में चन्द सिक्के बहलोली हैं उन्हें भी लेकर चम्पत हो जाए। मैंने चीखना चाहा लेकिन बदबूदार कपड़ा मेरे हलक़ तक यूँ ठुँसा हुआ था कि मैं अगर बोलने की कोशिश में मुँह या हलक़ पर कुछ ज़्यादा ज़ोर डालता तो कपड़ा शायद मेरे हलक़ के अन्दर ही उतर जाता। वक़्त कितना गुज़र गया था, मुझे इसका कुछ इल्म न था। मग़रिब (सूरज डूबने पर होनेवाली नमाज़) तो हो ही चुकी थी। लेकिन कहीं दूर से भी अज़ान की आवाज़ या मन्दिरों में घंटे की पुकार, या चरागाह से वापस होते किसान या चरवाहे के साथ मवेशियों के रेवड़ों की घंटियों की आवाज़ कुछ भी न सुनाई देता था। दाना-दुनका चुनकर अपने घोंसलों को लौटनेवाली चिड़ियों के झुंड अगर थे तो या तो अभी वापस न हो रहे थे

या वे भी शाम की तनहा लालिमा में चिपचिपाते निकल गए थे। या अगर आवाज़ कोई सुनाई देनेवाली थी भी तो ज़ोर से चिल्लाने की कोशिश से मेरे कानों में साएँ-साएँ की आवाज़ इतनी ज़्यादा होने लगी थी कि कुछ सुन लेना मुश्किल था।

क्या बहुत देर हो गई थी? क्या अब कोई आनेवाला नहीं है? अभी-अभी मैंने शेर की दहाड़ सुनी थी क्या? शेर तो इस इलाक़े में थे नहीं, हाँ, गुलदार बहुत थे। गुलदार तो जमुना के किनारे की कछारों में देहली से करनाल तक छोटे साँड़ों की तरह बेरोकटोक घूमते थे। और भेड़िये भी। गुलदारों की तो हिम्मतें इतनी खुली हुई थीं कि देहली के आसपास में जो आबादियाँ घर बदलने की वजह से ज़रा छिदरी हो जातीं, उनके ख़ाली घरों में गुलदार आबाद हो जाया करते थे। यहाँ तो मैं जमुना के किनारे से दूर था। सुल्तान फ़ीरोज़शाह मरहूम ने ये नहर बनवाई ही इसीलिए थी कि जमुना का पानी जिन इलाक़ों में पहुँचता नहीं है वहाँ इस नहर के ज़रिये पहुँच जाए। लेकिन यहाँ भी अब दरख़्तों की घनी छाया और नहर की नमी ने कछार जैसा माहौल बना दिया था। सुल्तान फ़ीरोज़ को अल्लाह ने जन्नत में ऊँचा स्थान ज़रूर दिया होगा। उन्होंने इस रास्ते में, और कोल की राह में जगह-जगह शाही सरायें बनवाई थीं जहाँ कोई भी मुसाफ़िर कुछ रक़म दिए बग़ैर ठहर सकता था। और अच्छा ही था कि उन्होंने ये हुक्म दिया था कि सरायों का ख़र्च तमाम ख़ज़ान-ए-सुल्तानी से अदा हो, वर्ना मुझ जैसे लुटे-पिटे मुसाफ़िर को तो राह में एक वक़्त की रोटी और सर छुपाने के लिए छत के लाले पड़ जाते।

मैंने बहुत चाहा कि राह के किसी पत्थर से रगड़कर अपने हाथों को बन्दिश से आज़ाद कर लूँ। लेकिन एक तो इस अँधेरे में पत्थर कहाँ मिलता, फिर मेरी आँखों पर अँधेरी जो चढ़ी हुई थी और हाथ पीठ पर बँधे हुए थे। पाँव के बन्द को रगड़कर काटने की कोशिश में जगह-जगह ख़राशों के सिवा कुछ हाथ न लगा था। क्या सब लोगों को ख़बर हो गई थी कि ये राह बटमारों ने हथिया ली है और शाम ढले आना इधर उन्होंने छोड़ दिया था? कुत्ते भी न भौंकते थे, या शायद गीदड़ों का एक झुंड कहीं खेत में शोर मचा रहा था। कभी-कभी चीन मुल्क के राजदूत हमारे मुल्क में आते थे तो

उनके सिपाहियों से मैं सुनता था कि उनके यहाँ हर्ब के उसूल के विशेषज्ञों ने कुछ ऐसा फ़न ईजाद किया है कि जब हाथों और पाँव को उनके बाँधता है तो वे बदन को अपने कुछ इस तरह फैला लेते हैं कि कैसा भी बन्द हो, बँधने के बाद ढीला हो जाता है क्योंकि बदन फिर अपनी हालते असली पर आ जाता है। इस तरह अगर कभी उन्हें कोई बाँधकर बिलकुल बेचारा भी कर दे तो वे बन्धनों के ढीला होने के कारण, ख़ुद को ज़रा-सी कोशिश के बाद रिहा करा लेते हैं। अफ़सोस कि मुझे वह फ़न आता न था और अगर आता भी तो क्या होता? मैं तो बेख़बरी में मार लिया गया था।

रात तो बेशक हो चुकी होगी। कहीं दरख़्तों के पीछू कुछ खुसुर-पुसुर तो नहीं हो रही है? कहीं वे हरामी वापस तो नहीं आ रहे हैं? ये कुछ आवाज़-सी कैसी है? मैंने बहुत ग़ौर से सुनना चाहा, लेकिन कानों में कुछ साएँ-साएँ अब भी हो रही थी। हाँ, ये कुछ नई-सी आवाज़ थी। ठहर-ठहरकर आ रही थी। कहीं किसी मन्दिर में घंटा तो नहीं बज रहा? नहीं, ये तो गहरी और दूर तक फैलनेवाली आवाज़ थी। टन...टनन...टन...ज़रा रुक-रुक कर...कोई हाथी सवार इधर आ रहा था...मेरा दिल बल्लियों उछलने लगा। शायद मेरी जान बच ही जाएगी। हाथी की घंटियों की आवाज़ नज़दीक आई, आहिस्ता हुई, ठहर गई।

'मोतबर सिंह, ज़रा देखना। ये राह में क्या पड़ा हुआ है?'

मज़बूत, ठहरी हुई आवाज़ लेकिन किसी फ़ौजी ओहदेदार या शाही कारिन्दे की नहीं बल्कि किसी ऐसे शख़्स की थी जो ऐश-ओ-इशरत में पला-बढ़ा रईसज़ादा हो।

'नहीं, अभी उतरो नहीं, पास से देखो।'

मैंने हाथ-पाँव हिलाने की कोशिश और तेज़ कर दी कि महावत समझ ले कि मैं ज़िन्दा हूँ।

'आली जाह, लगता है डाकुओं ने किसी को घायल करके
डाल दिया है,'

बहुत ही अदब वाली लेकिन कुछ डरी-डरी-सी आवाज़ आई।

'अच्छा? कोई ज़ख़्मी है?'

'हाँ, शायद इसका कोई दुश्मन इसे यहाँ नहर में फेंकने ला रहा था, हमको देखकर भाग निकला।'

'हाथी ज़रा और पास ले चलो।'

'हुज़ूर कहीं कोई चाल इसमें न हो,'

आवाज़ अब और भी डरी हुई-सी थी,

'ऐसा तो नहीं कि हमें ही धोखे से कुछ...कुछ कर डालने का चक्कर हो...या...'

मैंने अपनी कशमकश और तेज़ कर दी। इस बार मैं कुछ गीं-गीं-सी आवाज़ निकालने में भी कामयाब हो गया।

'चाल? चाल भला इसमें क्या होगी? तुम भी अजब थड़ोले आदमी हो, मोतबर सिंह। हम हाथी से उतरेंगे नहीं तो हमें कोई कुछ क्या कर देगा। और अगर तीर का निशाना बनाना होता तो अब लग कई तीर चल चुके होते। चलो, नीचे उतरो। इस ग़रीब की हालत मालूम करो।'

'सरकार...'

मोतबर सिंह के लहजे में कुछ शक और बहुत सारा डर था। मैं अपनी गीं-गीं और तेज़ करने की कोशिश कर रहा था।

'ऐ मियाँ, तुम बिलकुल ही बोदे निकले। अच्छा यूँ करो। हाथी को ज़रा और आगे ले जाकर कहो कि सूँड़ से इस आदमी को उठाकर ऊपर मेरे पास ले आओ। चलो, शाबाश।'

मोतबर सिंह ने हाथी को कुछ आगे बढ़ाया, लेकिन कितना, इसका मुझे अन्दाज़ा न हो सका। लेकिन मोतबर सिंह ने हाथी से सरगोशी में कुछ कहा, और कई बार कहा। फिर मुझे लगा कि कोई बहुत ही ताक़तवर और कई गज लम्बा मोटा अजगर मुझे लपेटकर बिल में अपने उठाए लिए जा रहा है। मैंने सहमकर ख़ुद को छोटा करने की कोशिश की लेकिन कहाँ मैं और कहाँ वह ज़बरदस्त बादलों जैसा ज़ोर। आन की आन में हाथी ने मुझे रईस के हौदे के आगे महावत और मालिक के बीच की जगह में धाँस दिया। बला से जगह तंग थी लेकिन अब मैं जान जाने से बच निकला था।

मोतबर सिंह ने या शायद मालिक ने भी उसका हाथ बँटाया, मुझे आसानी से इस सड़ाँध से भरे और शायद तेल और थूक से भी चिकटे हुए मेरे हलक़ में ठँसे हुए कपड़े और आँख की पट्टी से आज़ाद कर लिया गया। हालाँकि मुझे अपनी आवाज़ दोबारा हासिल करने में कुछ वक़्त लगा। थूक को मुश्किल से घूँटते हुए मैंने हाथी सवार के सवाल के जवाब में मुख़्तसर लफ़्ज़ों में अपनी बिपदा कह सुनाई।

'तो सिपाही जी, तुम दोहरे ख़ुशनसीब थे। उन भड़वों ने तुम्हें ज़िन्दा छोड़ दिया और फिर हम इधर आ निकले।'

'बन्दे का बाल-बाल आपके एहसान से गुँधा रहेगा। मैं तो समझा था कि शेर-भेड़िया कोई न कोई मुझे खा ही लेगा।'

'ख़ैर, मुसीबत तो आई थी मगर बच गए...हुआ सो हुआ। मैं बहादुरगढ़ जा रहा हूँ। वहाँ तक आसानी से तुम्हें पहुँचा दूँगा। आगे तुम्हारा जो जी चाहे। बहादुरगढ़ में भी रात गुज़ारने का इन्तज़ाम हो सकता है।'

'बन्दापरवरी है आपकी। बहादुरगढ़ तक बहुत ठीक रहेगा अगर हिफ़ाज़त में जनाब की चला चलूँ। कल सुबह देहली वापस चला जाऊँगा।'

मैंने ठंडी साँस भरी और दिल में उबलते हुए रंज को दबाते हुए कहा।

> 'बहुत मुनासिब। मोतबर सिंह आगे बढ़ो। और हाँ, सिपाही गुल मोहम्मद, एक बार ख़ूब ग़ौर से देख लो, कुछ तुम्हारा यहाँ छूट तो नहीं रहा?'

> 'छूटने को अब क्या रहा है जनाब। बन्दगाने हुज़ूर ने जान बचा ली, मैं इसी पर ख़ुश हूँ। हाथी को आगे बढ़ने का हुक्म फ़रमाएँ।'

रास्ते में मालूम हुआ कि हाथी सवार का नाम स्वामी रघुराज बहादुर सिंह था। वह अपने किसी रिश्तेदार की शादी में शामिल होने की ग़रज़ से बहादुरगढ़ के कहीं आगे तशरीफ़ ले जा रहे थे। बहादुरगढ़ में उन्होंने मुझे एक सराय के सामने उतार दिया। दोबारा बन्दगी और शुक्रिया अदा करके मैंने उनसे विदाई ली।

अगले दिन मैं देहली आ गया। मेरे शलूके में चार-छह बहलोली जो बचे रह गए थे वे ख़र्च के लिए काफ़ी से ज़्यादा थे। एक बहलोली में सोला तनके और एक तनके में चौंसठ छदाम होते थे। मैंने एक बहलोली भुनाई और सराय के ख़र्च और बैलगाड़ी के सफ़र के ख़र्च बहुत आसानी से अदा किए। बैलगाड़ी में मेरे साथ चार मुसाफ़िर थे। ख़ुदा को शुक्र भेजता हूँ कि उनमें से किसी को तजस्सुस (जिज्ञासा) और कुरेद की बीमारी बहुत न थी। न उन्होंने पूछा कि मैं बहादुरगढ़ किस आयोजन में आया था और न मैंने ज़ाहिर किया।

तीसरा अध्याय

देहली में कुछ न बदला था। मेरी ही मति बदल गई थी। मैं तीन-साढ़े तीन सौ तनकों का इन्तज़ाम इतनी जल्द कहाँ से करता? मेरे साथी सिपाही मुझसे ज़्यादा ख़र्चीले और ख़ाली हाथ थे। ख़ाने दौराँ उन दिनों ख़ुदावन्दे आलम के अन्तिम संस्कार में आगरे में तशरीफ़ रखते थे। ख़ाने जहाँ शायद किसी मुहिम पर गए हुए थे। उन्हीं दोनों से मुझे कुछ उम्मीद हो सकती थी। भिखारी शाह साहब से कुछ मदद मिल सकती थी लेकिन कहते शर्म आती थी कि ख़िदमत उस्ताद की करने की जगह उन्हीं से ख़िदमत लूँ। और सिपहगिरी में आने के बाद आना-जाना भी मेरा तरफ़ मदरसे के बहुत कम हो गया था। और ये भी था कि मैं मोटा मुस्टंडा हथियारबन्द सिपाही, चार को मार के फिर कहीं चोट खाने का दावा रखनेवाला, और इतनी आसानी से चन्द बेहक़ीक़त डकैतों का शिकार हो जाऊँ, ये तो मुँह छिपाने की बात थी, न कि हर किसी से बताने की।

दिन बहुत चढ़ आया था जब मैं अपने ख़ेमे में पहुँचा। ख़ुशक़िस्मती से कम ही लोग उस वक़्त बाहर दिखाई देते थे। मुमकिन है नवाब के यहाँ हाज़िरी के लिए बुलाए गए हों। मैंने अपने ख़ेमे में क़दम रखा था कि मेरे

क़रीबी दोस्त मोहम्मद आलम बिहारी ने पुकारा कि 'ओए, तू यहाँ कैसे? तुझे तो नंगल ख़ुर्द में होना था।'

मजबूरन मैंने उसकी तरफ़ निगाह की। वह अपनी चौकी पर कुछ लेटा कुछ बैठा हुआ था। उसके हाथ में लम्बी-सी तस्बीह थी।

'मोहम्मद आलम, तुम? अभी तक बाहर नहीं गए? जी तुम्हारा माँदा है क्या?'

'नहीं, सब ठीक है। मैंने एक मिन्नत मानी थी उसे ही पूरी करने में लगा हूँ। मगर तुम वापस कैसे आ गए? सब ख़ैर तो है?'

'मेरे मेहरबान, ख़ैर होती तो यहाँ क्यों होता। मैं तो लुट-लुटा कर घर आ गया।'

'अजी बुझौलें क्यों बुझाते हो, बताओ क्या गुज़री तुम पर?'

जबरन सारा क़िस्सा आलम को सुना दिया। मगर मेरी कहानी ख़त्म होने के पहले ही वह बोल उठा :

'अरे रे रे, अरे रे रे, तो तुम उस शैतान बुढ़िया और उसके तीनों इबलीस बच्चों के हाथ पड़ गए। अजी मैं समझे हुए था तुम उनके बारे में जानते हो। यहाँ का तो बच्चा बच्चा जाने है...'

'अजी क्या जाने है? तुम यूँ ही अमीर ख़ुसरो की तरह पहेलियाँ कहोगे कि कुछ बताओगे भी?'

'यारा मेरे, मैं वल्लाह ये समझे हुए था कि तुम जानते हो। नहीं तो मैं ख़ुद तुम्हें आगाही दे देता कि वज़ीरपुर के आगे नहर के मोड़ पर मामलात साँझ के फूलते ही शंका से भर

जाते हैं। वह कम्बख़्त डायन, पुलिया के एक तरफ़ बैठी हुई बज़ाहिर भीख माँगा करती है। परली तरफ़ पुलिया के नीचे उसके तीनों हराम के जने पोशीदा रहते हैं। जब तीन या ज़्यादा मुसाफ़िर गुज़रते हैं तो वह पुकारती है, जमात में सलामत है! और जब दो या एक मुसाफ़िर होता है तो पुकारती है, अकेले-दुकेले का अल्लाह बेली! और ये इशारा सुनकर वह तीनों ब्रह्म राक्षस की तरह बेचारे राहगीर को आ लेते हैं। किसी को जान से वे कभी नहीं मारते, लेकिन लूटकर उसे बाँधकर वहीं मरने के लिए छोड़कर चम्पत हो जाते हैं।'

'ला हौल विला क़ुव्वत,'

मैं बड़बड़ाया :

'मुझे ही उनका निशाना बनना था। पर अब क्या करूँ? इतनी रक़म तनके कहाँ से लाऊँ? कौन देगा मुझे और दे भी दे तो अदा कहाँ से करूँगा?'

मैंने अफ़सोस करते हुए कहा।

'अजी मियाँ जी, देनेवाले तो बहुतेरे हैं। किसी भी साहूकार किने चले जाओ। माल ही माल है। लेकिन माल के पहले वह खाल खिंचवा लेगा।'

'तो फिर मैं क्या करूँ?'

मैंने झूँझल में आकर तेज़ लहजे में कहा :

'मार मरूँ तो मेरी बेटी कौन ब्याहेगा?'

मोहम्मद आलम कुछ चुप-सा हो गया। मैं भी दिल ही दिल में शर्मिन्दा हो रहा था कि बेवजह इसे झिड़क दिया। यह बेचारा तो मेरी

मदद ही करना चाहता था। पर जब अल्लाह ही को मंज़ूर न हो तो बन्दे का क्या चारा। अफ़सोस और रंज में यूँ ही हैरान-परेशान हो रहा था, मुझे ऐसे संकट के समय में दोस्तों और नेक सलाह-मशविरे की ज़रूरत थी।

थोड़ी देर बाद आलम ने सर उठाया और कुछ शर्मिन्दा-सी मुस्कराहट मुस्कराकर बोला :

'क्यों न हम लोग दोस्तों से अपना हाल कहें। थोड़ा-थोड़ा करके बहुत न सही, कुछ तो हो जाएगा।'

'न, न बाबा। बिलकुल न। बेटी को क्या मुँह दिखाऊँगा? बेटी सुन लेगी कि जमावारी चन्दा लेकर उसका ब्याह हो रहा है तो वह कुछ खा कर सो रहेगी।'

'ऐ लो, मैं चन्दे को कब कह रहा हूँ। मैं तो कह रहा था कि सबसे थोड़ा-थोड़ा उधार बटोर के...'

'कौन मान के देगा कि उधार भी चन्दे की तरह बटोरे जाते हैं? मैं भी न मानूँगा और अगर मैं मान भी गया तो दुनिया को क्या समझाता फिरूँगा...सँवरे भाइयो, ये ख़ैर ख़ैरात नहीं, चन्दा है। तौबा-तौबा, मुझे बातों में न उड़ाओ मोहम्मद आलम साहब।'

मुझे रोना-सा आ गया।

मोहम्मद आलम ने मुझे ग़ौर से देखा। शायद उसे भी लगा कि मेरा प्याला भरने को है। उसने सर झुका लिया। शायद वह मुझसे आँखें चार करने से कतरा रहा था। मैंने गुस्से में अपनी पगड़ी उतारकर पटक दी और कहा,

'घर जाता हूँ। वहाँ अपनी औरत के मायके वालों के सामने हाथ फैलाऊँगा। फिर पूरी उम्र उसके सामने नक्कू

बना रहूँगा...अबे हरामज़ादे आलम, तूने मुझे आगाह क्यों न कर दिया था कि वह जगह...'

'नरमी से काम ले भाई,'

आलम ने सर उठाए बग़ैर कहा :

'अपनी बोटियाँ नोचने से क्या पाएगा?'

'तो क्या करूँ, तेरा ख़ून पी जाऊँ?'

वह हलकी-सी हँसी हँसा,

'इससे कुछ बनता हो तो अभी ले, मैं नब्ज़ पर खंजर से नश्तर किए देता हूँ। पी ले।'

मैंने सर पर दो हथ्थड़ मारे और कहा :

'अच्छा ठीक है। मैं फ़ौरन नंगल ख़ुर्द चला जाता हूँ। हो सो हो।'

आलम एक लम्हा चुप रहा, फिर ज़रा ठहर-ठहरकर बोला :

'उस्ताद एक बात है...पर तू ख़फ़ा तो न होगा?'

मैंने मुँह बनाकर कहा :

'इससे कुछ काम बने तो वह भी कर देखेंगे।'

'नहीं ज़रा ध्यान से सुन। तूने...अमीर जान का नाम सुना है?'

'कौन, वही अमीर जान जयपुर वाली जो रईसों जैसे ठाठ से रहती है?'

'हाँ हाँ, बिलकुल वही। गुल ख़ान, तुमने सुना है कि वह तुम जैसे मुसीबत के मारों की मदद बेखटके करती है?'

'मदद? वह क्या मदद करेगी, है तो वही कस्बन मालज़ादी। वह हथियाती है न कि मुट्ठी खोलती है,'

मैंने झल्लाकर कहा :

'उसकी कोई इज़्ज़त और आदर भी है?'

'अमाँ सुनो तो सही, ज़रा छुरी तले दम लो,'

आलम ने शायद देख लिया था कि मैं उसकी बात सुनने को तैयार हूँ, इसलिए अब वह बेखटके बोल रहा था।

'सुन तो रहा हूँ, क्या तुम्हारी बग़ल में घुस जाऊँ?'

'कहा ये जाता है कि वह पैदाइशी कस्बन नहीं है। किसी ग़रीब, पर इज़्ज़तदार माँ-बाप की बेटी है। सूरत-शक्ल, हुनर, सुघड़ापा, सब कुछ होते हुए भी कोई उसका हाथ थामने को तैयार न था।'

'तो फिर? ये सब मुझसे ज़्यादा कौन जाने है? मेरी व्यथा मुझसे बढ़कर कौन जानेगा।'

'फिर ये कि एक ढोंगी शरीफ़ज़ादे ने उसका रिश्ता आख़िरकार माँगा और बहुत ज़ोर देकर माँगा। अन्धे को क्या चाहिए दो आँखें। बाप-माँ ने कुछ पूछे-समझे बग़ैर उसके हाथ पीले कर दिए।'

वह चुप हो गया, शायद उसे मेरा ख़याल आ गया था कि कहीं हम भी ऐसा ही न करनेवाले हों। मैं भी चुप रहा। क़िस्से का अंजाम कुछ-कुछ समझ में मेरी आ रहा था।

आलम ने सर झुकाए-झुकाए कुछ कहा :

'उस शरीफ़ज़ादे ने उस बच्ची को जी-भर के ख़राब किया, फिर यहाँ लाकर एक कोठे पर बेच दिया। घरवालों को ख़बर हुई तो बाप ने तो नहीं, पर माँ ने बहुत बुलवाया, दूध का वास्ता दिया, मगर उसको न जाना था न गई। और जल्द ही उसने सारी देहली जीत ली। अब किसी के यहाँ जाती नहीं है...'

मैंने अचानक बात को समझा और अपनी जगह से उठकर बोला :

'तो इसी वजह से अमीर जान...'

'बिलकुल। यही बात है। उसे मालूम हो जाए कि तुम पर क्या बिपदा पड़ी है तो वह बेखटके तुम्हें क़र्ज़ दे देगी।'

'पर...वहाँ जाऊँ कैसे? और वह मेरी बात को क्या यूँ ही मान लेगी?'

'मैं साथ चलने को तैयार हूँ। फ़ीरोज़शाह मरहूम के कोटले से ज़रा उधर उसकी शानदार हवेली है। दरवाज़े पर हाथी झूमते हैं।'

'कोई माध्यम, कोई ज़रिया भी तो हो।'

मैंने मायूस लहजे में कहा :

'उसके पास मुझ जैसे बीसियों पहुँचते होंगे। उसे क्या पता कि मैं चोर हूँ कि ठग हूँ।'

'तुम्हारा बाप ख़ाने जहाँ के यहाँ नौकर था। ख़ाने जहाँ वहाँ जाते-आते हैं। शायद अपने बाप का ज़िक्र और उनका नाम और ख़ाने दौराँ से हमारा माध्यम...क्या पता काम

बन जाए। सब लोग एक साँ थोड़ी हैं। पोली-पोली आँच पूर्वजों की होती है।'

मैं सोच में डूब गया। मेरे आगे राह कोई न थी। अमीर जान के यहाँ ख़ाने जहाँ जैसे लोग पहुँचते हैं तो मेरे लिए क्या अपमान है। मैं भी उन कूचों से नाआशना न था। अलबत्ता मेरी उड़ान अमीर जान जैसों के कोठों तक न थी। काम अगर बन गया तो बहुत ख़ूब और अगर न, तो मेरा कुछ न बिगड़ेगा। जितना बिगड़ना था सो तो बिगड़ ही चुका।

मैंने ठंडी साँस ली :

'कब चलोगे?'

'बस अभी। नेक काम में पछतावा और शोर-हंगामा कैसा? अपनी मन्नती नमाज़ मैं वापस आकर पूरी कर लूँगा और तुम्हारा काम बन गया तो हुज़ूरे ग़ौस अलवरा को सवाब भेजने के लिए एक वज़ीफ़ा और पढ़ूँगा।'

'अल्लाह तुम्हें इस नेकी का सिला दे। ये एहसान तुम्हारा मुझ पर रहा।'

'एहसान काहे का, कभी तुम भी काम आओगे। चलो उठो, अब देर न करें।'

अमीर जान की हवेली या क़िला देखकर होश मेरे उड़ गए। अल्लाह-अल्लाह इतना बुलन्द मकान भी किसी को हासिल हो सके है। बहुत बड़ा ऊँचा फाटक, दोनों तरफ़ सुरक्षा-चौकी, सुरक्षा-चौकी के ऊपर दो मंज़िला हुजरे जो शायद संगी-साथियों के लिए होंगे। सुरक्षाकर्मियों में कोई मर्द न था, कोई हिन्दू भी न था। लम्बी-तड़ंगी बहुत मज़बूत हाथ-पैर वाली, क़ज़ाक़िस्तान या तुर्किस्तानी नस्ल की हथियारबन्द और पूरी बारह औरतों का दस्ता। गोरे लेकिन गर्म किए हुए ताँबे जैसे तमतमाते

हुए गाल, बादाम की तरह आँखें, कसी हुई छातियाँ, तंग शलूकों से उभरे हुए डंडा बटते हुए बल्कि उगले पड़ते हुए, बर में चुस्त पायजामे, इस क़द्र चुस्त कि रानों पर गोया मढ़े हुए हों। लेकिन ऐसे नहीं कि जिस्म की नुमाइश की झलक भी हो। शलूके की आस्तीनें कलाइयों तक, दामन पेट के ज़रा नीचे तक, इस तरह कि किनारे दामन के दुपट्टे से कुछ ढक गए थे। सरों पर ज़री की टोपी और कमर में ज़र निगार दुपट्टे के सिवा कोई सजावट उनके बदन पर न थी। शलूका, पाजामा, दुपट्टा सब कालापन लिए हुए नीले रंग के थे, ताकि तअस्सुर मर्दाना ख़ूबसूरती का और भी बढ़े। टोपियाँ आसमानी मख़मल की थीं, मगर सोने से इतनी ज़्यादा लिपी हुई थीं कि नीला रंग बहुत कम दिखाई देता था। सब बिलकुल तनी हुई खड़ी थीं और आती-जाती दुनिया को ग़ुरूर से भरी निगाहों से देख रही थीं।

दरवाज़े पर वाक़ई दो हाथी ख़ौफ़नाक और ऊँचे झूम रहे थे। झूलें उनकी ज़रबफ़्त और कमख़्वाब की, उन पर आसमानी मख़मल से मढ़ा हुआ और चाँदी के डंडों वाला हौदा। हाथियों के लम्बे-लम्बे दाँतों पर आठ-आठ चौड़े सोने के। भँसोण्डों पर ज़ाफ़रानी रंग के नक़्श-ओ-निगार, मस्तकें गेरू से रँगी हुईं, ताँबे की जगमगाती घंटियाँ, हाथी दोनों फाटक के दोनों तरफ़ जमुना के रुख़ पर खड़े हुए थे। कोई आधे कोस, या कुछ कम के फ़ासले पर दरिया और उसके घाट, और सतह पर नदी के तैरती हुई कश्तियाँ और जहाज़ साफ़ नज़र आते थे।

अपनी ओहदेदार का इशारा पाकर, या शायद आप ही आप, एक लौंड़ी आगे आई और मुझसे बेझिझक आँखें मिलाकर बोली :

'कहिए?'

मैंने अटक-अटककर मुद्दे का इज़हार किया कि मैं ग़रीब सिपाहीपेशा और मुसीबत का मारा हूँ, मिलना चाहता हूँ।

'और ये आपके साथ हैं, क्यों?'

मैंने मोहम्मद आलम का परिचय कराया, तो उसने ज़रा हिम्मत करके मुस्कराकर हम लोगों का रिश्ता ख़ाने जहाँ और ख़ाने दौराँ से ज़ाहिर किया।

कहीं से कोई इशारा पाकर एक लौंड़ी अन्दर गई। हम लोग यूँ ही धूप में खड़े रहे। किसी ने हमें क़रीब आने या बैठ जाने की दावत नहीं दी। अमीर जान की हवेली जिस गली में थी उसमें एक ही दो घर और थे, इसलिए लोगों का आना-जाना बहुत कम था। बस एक शरबते-इत्र की दुकान थी और एक फूलों के गजरे वाला सामने अपना ठीहा जमाए हुए था। मैंने सोचा, एक मोतिया और गुलाब का हार मैं भी ख़रीद लूँ, नज़्र कर दूँगा। लेकिन दरवाज़ा न खुला। ख़ुदा जाने इसका क्या मतलब निकाला जाए। मेरी हस्ती ही क्या थी, एक अनजाना-सा सिपाही जिसका सारा परिचय उसके मालिकान थे।

हम खड़े सूखते रहे, बड़ी देर बाद मैं मायूस होकर वापस होने की सोच ही रहा था कि अन्दर से बुलावा आ गया। जल्द-जल्द हाथों से पसीना पोंछकर और हाथों को चुपके-चुपके दुपट्टे पर सुखा करके हम अन्दर गए।

मैंने समझा था कि सुरक्षा-चौकी के अन्दरूनी दरवाज़े के बाद तीन तरफ़ वाली बारादरियाँ होंगी, बीच में चमन होगा, ज़रा साया और ठंडक का माहौल होगा। लेकिन वहाँ तो दाएँ हाथ को एक तंग लेकिन ऊँचा-सा ज़ीना था और हमारे सामने एक लम्बा गलियारा था जिसमें जगह-जगह रोशनदान थे और ताक़ों में चराग़ रौशन थे।

हम चलते चले गए। ख़ुदा-ख़ुदा करके गलियारा ख़त्म हुआ। फिर एक दालान और कुछ कमरे, एक कमरे में हमें ठहरा दिया गया। कुछ इन्तज़ार खींचने के बाद फिर बुलावा आया। अब हम एक बड़े दरबार में थे। अल्लाह-अल्लाह शिल्पकारी और सजावट इस दरबार की भला कौन बयान कर सके है। और सच पूछिए तो मुझे आँख उठाने की हिम्मत न हो रही थी। बस यही कह सकूँ हूँ कि हर तरफ़ रौशनी बेशुमार हो रही थी। जगह-जगह कुमकुम और कँवल रौशन थे।

'तसलीमात' एक बहुत ही मीठी लेकिन साफ़ और झाँझन-सी बजती हुई आवाज़ में किसी ने कहा :

'आप ख़ाने जहाँ लोदी मसनदे अली ख़ान की सरकार में नौकर हैं?'

'जी...जी नहीं। मेरा बाप उनसे सम्बन्धित था। हम दोनों दरअस्ल ख़ाने दौराँ असद ख़ान बिन मुबारक बहादुर के फ़ौजी दस्ते में सिपाही हैं।'

रुक-रुककर, सर झुकाए-झुकाए, मैंने अपनी राम कहानी सुनाई। इस दौरान थोड़ा-बहुत मुशाहदा (अवलोकन) करने की हिम्मत पड़ी लेकिन मैं अमीर जान का हुलिया नक़्शा बयान करने से मजबूर हूँ। उनकी पीठ की तरफ़ दो ख़ास लौंड़ियाँ पंखा झल रही थीं, दाएँ-बाएँ बाहर वालियों जैसी दो लौंड़ियाँ अदब से खड़ी थीं। कोई सामान वहाँ नाचने-गाने का नज़र न आता था। पीतल के बड़े-बड़े पिंजड़ों में कई अच्छी आवाज़ वाली चिड़ियाएँ ज़रूर थीं, लेकिन मैं उनमें से किसी को पहचान न सका। मुझे ख़याल आया कि मरहूम हज़रत फ़ीरोज़शाह तुग़लक़ के बारे में मशहूर था कि उन्होंने अपने कोटले के सामने एक अलग इमारत में दुनिया-जहान के अजीब जानवर और इनसान और लाखों-करोड़ों बरस पहले के जानवरों और चिड़ियों की हड्डियाँ जमा कर रखी थीं।

हमारा पूरा हाल सुनकर अमीर जान ने पीठ की तरफ़ खड़ी हुई एक लौंड़ी को इशारा किया। वह किसी बग़ल के दरवाज़े से बाहर गई और थोड़ी देर भी न हुई थी, चार बटुए लेकर हाज़िर हुई। दूसरे इशारे पर वे बटुए उसने मेरे हाथ की तरफ़ बढ़ाए। मैंने एक बेचैन तबीयत में डूबकर हाथ बढ़ाया और बटुओं को ले लिया।

'ये चार सौ तनके हैं। साढ़े तीन सौ जो आपने गँवाए और पचास मेरी तरफ़ से आपकी बेटी को दहेज क़ुबूल कीजिए।'

'मैं...म...मगर ये क़र्ज़ फ़ौरन अदा न कर सकूँगा।'

'पचास तो क़र्ज़ है ही नहीं, बक़िया के लिए आपको हक़ है। आपकी नियत साफ़ हो, ये शर्त है।'

मैं कुछ और अर्ज़ करनेवाला था कि अमीर जान ने मुँह फेर लिया और उनकी लौंड़ियों ने झुककर हमें सलाम किया, ये जैसी हमारी विदाई थी।

मेरी लाड़ली ब्याही गई और बड़ी धूमधाम से ब्याही गई। श्री रघुराज बहादुर सिंह को भी मैंने अपनी माँ की दुआओं के साथ दावत भेजी। उन्होंने एक दुपट्टा बनारसी, पाँच तनके और मिठाई भेजी। सुल्ताने आली मक़ाम के फ़रमान के मुताबिक़ मैंने पूरा लिहाज़ इस बात का रखा कि कोई रस्म ग़ैरशरई न हो, यानी ऐसी न हो जो महज़ हिन्दुओं में होती हो। एक बात फिर भी ऐसी थी जो मुसलमानों में होती थी, पर कम, और वह ये कि निकाह के कई महीने बाद रुख़सती हुई। निकाह के दस ही बीस दिन बाद ख़बर उड़ी कि सुल्ताने वाला शाने ख़ुदावन्दे आलम सिकन्दर लोदी आगरे से देहली की राह में ख़ुदा से जा मिले। इन्ना लिल्लाहि व इन्ना इलैहि राजिऊन। इस शान-ओ-शौकत और दबदबे का सुल्तान, आसमान की आँख अब क्या देखेगी। देहली से आगरे इन्तक़ाल में शायद इसके लिए नेक सगुन न था। आगरा इतना कुछ न बन सका जितना मेरे मरहूम सुल्तान की तमन्ना थी। और देहली उन्हें बार-बार उनकी शान-ओ-शौकत के कम होने का कारण बनती। हालाँकि सुल्तान की सेहत अब गिरती जा रही थी, लेकिन किसी के शान-गुमान में भी न था कि अंजाम ज़िन्दगी का इतनी नज़दीक है। कुछ लोग कहते थे कि देहली न छूटती तो शायद जान भी न छोड़नी पड़ती। ये हादसा देहली की राह ही में हुआ था।

सुल्तान के मरहूम होने पर हुकूमत के साथियों में बदलाव होना ही था। न मालूम ख़ाने जहाँ अब कौन बनता और ख़ाने दौराँ का ओहदा किसे मिलता और असद ख़ान बहादुर की क्या हैसियत बन्दगाने आली

के मुबारक दरबार में होती। मैं बहाना रुख़सती का करके सारी मुद्दत घर पर ही रुका रहा। रुख़सती के बाद मैं जोरू अपनी को समझाता रहा कि सिक्का-ए-ख़ुतबा बदला है, देखें अभी क्या सामने आता है। ख़ान असद ख़ान की टुकड़ी शायद रहे न रहे। जब वह बुलवा भेजेंगे, चला जाऊँगा। अभी मुझे खेती-बारी देखने दो, कुछ आराम करने दो। फिर देखेंगे।

चौथा अध्याय

एक साल गुज़र गया। फिर दो साल। कहते हैं दामाद की तक़दीर दरहक़ीक़त बेटी की तक़दीर होती है। मेरी बेटी इतनी भागवान निकली कि उसके मियाँ का बढ़ईगिरी का काम बहुत जल्द और बहुत अच्छा चल निकला। उनका गाँव नंगल ख़ुर्द के पास ही था, इसलिए उन्हें हमारे यहाँ आते रहने में कोई परेशानी न थी। फिर दामाद से परिचय हासिल करके लोग मेरे पास सिपहगिरी के फ़न, कुश्ती के दाँव-पेच, तलवार और भाले की देखभाल और बनावट के तरीक़े सीखने आने लगे। मुझे घर बैठे रहने का अच्छा बहाना हाथ आया, और उससे बढ़कर ये कि अमीर जान का क़र्ज़ अदा कर सकने का बहाना निकल आया। मैं अपने ऊपर रहता तो ये क़र्ज़ तीन कि चार साल में भी अदा न हो सकता था। सिपहगिरी का हाल मैं आपको सुना चुका हूँ कि आराम था लेकिन दौलत न थी। मुझे अल्लाह की ज़ात से उम्मीद थी वापस देहली जाऊँगा तो अपने सब शौक़ बन्द करके जैसे भी हो, हर महीने चार तनके बचाऊँगा। घर भेजना भी एक तनका कम कर दूँगा। इस तरह अगर नई मुसीबत कोई न आ घेरती तो छह-सात बरस में अदायगी की सूरत बन सकती थी। अब यहाँ मुझे जो काम मिलने लगा और घर की खेती में इतना पैदा होने लगा कि मुझे अलग

से कुछ लगाना न पड़ता था उसने आसानियाँ बड़ी पैदा कर दीं। बेटी का ख़र्च कुछ था नहीं, सिवाय इसके कि तीज-त्यौहार, पैदाइश, शादी-ब्याह पर कुछ देना-दिलाना पड़ता। बेटा मेरा भी अब बड़ा होकर बहनोई के पास काम सीखने लगा था।

तीसरा साल ख़त्म होने को था जब मैंने देखा कि अब मैं बहुत जल्द अमीर जान का क़र्ज़ चुका सकूँगा। ख़ुदावन्दे आलम इब्राहीम लोदी ने राजधानी देहली फेर लिया था। लेकिन ख़ाने जहाँ और ख़ाने दौराँ के पद अब लगभग ख़ाली थे। मैंने सुना कि सुल्तान का ख़याल था कि उनके बड़े-बड़े ओहदेदारों के बग़ैर ही सुल्तानी का काम चल सकता है। मेरे ख़ान ने शायद अपनी टुकड़ी दोबारा नहीं बनाई थी, या शायद बनाई हो तो मुझे बुलवाया न था। आलम बिहारी की तरफ़ से भी कुछ ख़तो-किताबत न थी। शायद वह टुकड़ी ख़त्म ही हो गई हो, मैंने सोचा।

मेरी बेटी को अल्लाह ने एक चाँद-सा बेटा दिया तो नया मौक़ा ख़ुशियों का हम सब के हाथ लगा। मैंने दिल में कहा कि ये देहली वापस जाने और अमीर जान का क़र्ज़ अदा करने के लिए अच्छा सग़ुन है। अबकी बार जाड़े में बारिशें थीं। मौसम बहुत ख़ुशगवार और तरोताज़ा करनेवाला था। मैंने अल्लाह का नाम लिया, इमाम ज़ामिन बाज़ू पर बँधवाया, मेरी माँ ने किसी हिन्दू देवी का सदक़ा भी उतारा और मैंने सुबह के वक़्त देहली जाने का प्रण किया। सन 1520 बक़रीद गुज़ारकर ज़िलहिज्ज: का महीना ख़त्म पर था। कुँवार का महीना लग चुका था। दिन भी ख़ूब चमक रहा था, पर आसमान पर कहीं-कहीं बादलों की झलक मौसम की सर्दी का ध्यान दिलाती थी। चील, कव्वे, गौरय्या पेड़ों और आसमानों में शोर मचाती फिरतीं कि सर्दियाँ अब वापस आनेवाली हैं। बाग़ों में मोर बहुत ज़्यादा थे। काले तीतर अपने-अपने भट से निकलकर इतराते फिर रहे थे। तन्दुरुस्त, ऊँची और बड़ी नील गायें, बारहसिंहे, छरेरे चीतल, काँकर, लम्बी पेचदार सींगों वाले काले, ठिगने चौसिंघे, सभी तरह के हिरन हर मोड़ पर और हर खुली जगह पर दिखाई देते और आँखों को ठंडक पहुँचावते। घोड़ा मेरे पास था नहीं, और यूँ भी लम्बी रक़म साथ

लेकर तनहा चलने का ख़मियाज़ा मैं खींच चुका था। अब वाक़ई समूह में सलामती थी।

दूसरे दिन मैं देहली पहुँचा। दुनिया पहले जैसी लग रही थी। सुल्तान नया था तो क्या हुआ, शहर तो वही था। फ़ीरोज़शाह मरहूम के कोटले के पहले कुछ आबादी न थी। मटका शाह साहब की दरगाह, फिर पुराना क़िला, और उनके दरमियान कहीं बीवी फ़ातिमा साम की दरगाह, सब कुछ यूँ ही था। मटका शाह साहब की दरगाह पर अब भी हिजड़े और औरतें पहले की तरह झाड़ू लगाते, दर्शन करनेवालों को पानी पिलाते, बाबा निज़ामुद्दीन साहब सुल्तान जी के गुण गाते। सब वैसा ही था। मेरे सुल्तान सिकन्दर लोदी साहब का मज़ार पूरा होने के क़रीब था। सुल्तान बहलोल लोदी मरहूम तो बहुत दूर ख़्वाजा क़ुतुब साहब के कुछ पहले ज़रा हट कर हमेशा की नींद सो रहे थे लेकिन उनका सिक्का अभी भी जारी था।

मुझे उम्मीद तो न थी, लेकिन एक ख़याल-सा था कि ख़ाने दौराँ की पिछली टुकड़ी अभी मौजूद होगी तो शायद मेरा दोस्त भी वहीं मिल जाए और रात ठहरने का सहारा हो जाए। मोटी रक़म मेरी म्यानी में थी, उसे साथ लिये-लिये फिरना, या किसी अनजानी सराय में ले जाना और रात गुज़ारना, कुछ बहुत दिलचस्प बात न थी। ग़यासपुर भी पहले की तरह वहीं था। लेकिन ख़ाने दौराँ की सेना की टुकड़ी का कहीं पता न था। इधर-उधर पूछा तो पता लगा कि ख़ाने दौराँ को भड़ाइच किसी मुहिम पर भेज दिया गया है लेकिन उनकी फ़ौज और टुकड़ी कहाँ होगी, इस बारे में कुछ भी कहना मुश्किल था। मजबूर होकर मैंने फ़ीरोज़शाही सराय में रात रहने की ठानी। सबसे क़रीबी सराय तुग़लक़ाबाद की सरहद पर बदरपुर में थी। वहाँ से देहली बहुत दूर थी और कोटला फ़ीरोज़शाह, जिसके पिछवाड़े वाले गाँव फ़ीरोज़ाबाद में जाकर मुझे अमीर जान का क़र्ज़ उतारना था, और भी दूर था। पर मरता क्या न करता, अब पुराने दोस्तों को कहाँ ढूँढ़ूँ, सराय की भटियारिन ही की मेहमानदारी पर गुज़ारा कर लूँगा।

सुबह हुई तो मैंने ध्यान रोज़ से ज़्यादा अपने हुलिये की तराश-ख़राश और उसे दुरुस्त करने में लगाया। सबसे पहले तो मियानी को टटोलकर देखा कि सलामत है कि नहीं। शुक्र है सब मौजूद था। अमीर जान का क़र्ज़ चुकाने या शायद उनको देखने का शौक़ इस क़दर था कि मैं बिना नाश्ता ही निकल खड़ा हुआ। कई मील का फ़ासला था, एक घोड़ा किराए पर लिया और आम फ़ीरोज़ाबाद हुआ।

सफ़र में एक घंटे से कुछ ऊपर लगा। जमुना पर चहल-पहल वैसी ही थी। पर ये क्या? वह हवेली तो कुछ ख़ाली-ख़ाली-सी लग रही थी। न वे पहाड़ जैसे लम्बे लोग थे, न वे कनीज़ें, न वे सामने इत्र और फूल बेचनेवाले थे। या अल्लाह ये माजरा क्या है। कुछ देर यूँ ही खड़ा फ़िक्र में डूबा रहा। क्या उन्होंने हवेली छोड़ दी, कि देहली ही छोड़ दी? किसी से शादी करके शौहर के पास तो नहीं उठ गईं। वालिदैन ने राज़ी करके उन्हें जयपुर वापस बुला लिया क्या?

तभी एक भले मानुस उधर से गुज़रे और मुझे चुपचाप किसी फ़िक्र में डूबा देखकर ठिठके और बोले :

> 'क्या जनाब को कहीं जाना हैं या रास्ता भूल गए हैं?'
>
> 'जी नहीं...ऐसा तो कुछ नहीं। वह...बात ये है कि सामनेवाली हवेली में...।'
>
> 'अमीर जान को पूछते हैं आप। हज़रत, वे तो अल्लाह को प्यारी हुईं।'
>
> 'अल्लाह को प्यारी...क्या बात कहते हैं जनाब। मैं जब मिला था, वे अच्छी-ख़ासी जवान जहाँ तन्दुरुस्त थीं। यहाँ हवेली पर शान और ही थी।'
>
> 'थी साहब। मगर अर्सा कोई साल एक का हुआ कि उनका बुलावा आ गया।'

'क्यों...कैसे..? माफ़ी चाहता हूँ, जिरह आप से नहीं कर रहा हूँ। इत्मीनान अपना चाहता हूँ कि कहीं कुछ...'

'जी नहीं मियाँ साहब, कहीं कुछ और नहीं। सब कुछ वहीं हुआ।'

उन्होंने दरिया की तरफ़ इशारा करके कहा।

'जी, मैं समझा नहीं।'

'बात ये हुई कि उन्होंने अपने लिए एक मोरपंखी नई बनवाई थी। उसे उतरवाने की दरिया में जल्दबाज़ी उन्हें बहुत थी। लोगों ने कहा कि थोड़ा इन्तज़ार करें, दरिया इन दिनों चढ़ाई पर है। पर औरत ज़ात ज़िद्दी तो होती है, फिर आप जानो उनके नाज़ उठानेवाले बेशुमार। मोरपंखी को साज़-ओ-सामान से सजा करके उसमें कुछ और लोगों के साथ बैठीं और रस्सा खोलने का हुक्म दिया। दरिया क्या था कि ग़ुस्से में देव था। पानी के रेले पर रेले आ रहे थे। अभी ठीक से आगे भी न आए थे कि एक ज़ोर की लहर आई और मोरपंखी को बीच मँझधार में खींच ले गई। फिर तो ये जा, वो जा। मोरपंखी की बिसात ही क्या? आनन-फ़ानन में हिचकोले खाने लगी और इसके पहले कि मरजिए और मल्लाह पानी में उतरें-उतरें, कश्ती में सवार सब लोगों की कश्तिए-ज़िन्दगी तूफ़ानी हो गई। सब ख़त्म हो गया।'

'इन्ना लिल्लाहि व इन्ना इलैहि राजिऊन।'

मैंने ग़म-भरे लहजे में कहा :

'ला इलाहा इला अन्ता सुब्हानका इन्नी कुन्तु मिन अज़्ज़ालिमीन।'

मुझे हज़रत यूनुस की क़ुरआनी दुआ याद आई। मगर अमीर जान को किसी मछली ने नहीं निगला था। उन्हें तो मछली के ठिकाने को अपना ठिकाना बनाना बदा था।

'लाश नहीं मिली?'

मैंने हिम्मत करके पूछा।

'मिली। तीसरे दिन आप ही आप किनारे आ लगी।'

'कहाँ दफ़्न हुईं? क्या जयपुर ले जाईं गईं।'

'नहीं, वसीयत उनकी थी कि जब भी मैं मरूँ मुझे सैयदी मौला साहब के मज़ार के सामनेवाले क़ब्रिस्तान में दफ़्न किया जाए। वही हुआ।'

एक लम्हा चुप रहकर उन्होंने ठंडी साँस ली।

'अल्लाह बख़्शे बड़ी नेक बीवी थीं।'

'सुना है डूब मरनेवाले शहीद होते हैं।'

'उनका मामला अल्लाह के हाथ में है।'

उन्होंने सुनसान हवेली की तरफ़ सर का हलका-सा इशारा करते हुए कहा।

'हम सबको वहीं जवाबदेही करनी है। मैं शुक्रगुज़ार हूँ कि आपने तकलीफ़ उठाई, सब हाल बयान फ़रमाया। वर्ना मैं तो भटकता ही रहता।'

हम दोनों ने हाथ मिलाए। फिर वह अपनी राह चल दिए। मैं खड़ा सोचता रहा। अब अमीर जान का क़र्ज़ तो अदा होगा नहीं। इन तनकों का

क्या करूँ और ख़ुद कहाँ जाऊँ? शायद सबसे पहला फ़र्ज़ मेरा तो ये है कि क़ब्र पर उनकी जाऊँ और फ़ातिहा पढ़ूँ। सैयदी मौला साहब का मज़ार और उसके सामने का क़ब्रिस्तान मुझे ख़ूब जाना-बूझा था। निज़ामुद्दीन साहब सुल्तान जी की दरगाह के कुछ ही दूर था, बीच में खुली ज़मीन रेगिस्तान की तरह थी। इसके ज़रा आगे ग़यासपुर का गाँव था। फूलों की वजह से क़ब्रिस्तान काफ़ी ख़ूबसूरत था। चकोर और कबूतर और फ़ाख़्ताएँ झुंड के झुंड हर तरफ़ याहू और गुटरूगूँ करते, दाना चुनते नज़र आते थे। मोर भी बहुत थे। कभी-कभी तीतर, लोमड़ियाँ और ख़रगोश भी दिखाई दे जाते। बाबा सुल्तान जी साहब के नाम पर लगाई हुई प्याऊ पर पानी हर वक़्त मौजूद रहता। फ़ातिहा पढ़नेवाले हर वक़्त ही आते-जाते रहते थे। मैं अभी चला चलूँ तो यह काम पूरा हो जाए। फिर हज़रत सुल्तान जी साहब और अमीर ख़ुसरो के आस्ताने पर दीदार कर लूँगा।

घोड़ा मेरे पास था ही, मैं फ़ौरन चल पड़ा। सैयदी मौला साहब के मज़ार पर रौनक़ इन दिनों कुछ कम रहती थी। मुझे उनके उरूज के ज़माने याद आए। लोग बताते हैं कि उन्हें रूहानी ताकत (आध्यात्मिक शक्ति) हासिल थी। रोज़ एक अशरफ़ी से कम न ख़र्च करते थे। ख़ास मौक़ों पर और भी दाद और इनाम थे लेकिन आमदनी का कोई दिखनेवाला ज़रिया न था। दूसरे पीर-फ़क़ीरों की तरह वे दान, नज़राना, हदिया वग़ैरा कुछ क़ुबूल न करते थे। वे कौन थे, कहाँ से आए थे, ये भी खुलता न था। सैयदियों की नस्ल से होने की वजह से बहुत लम्बे-तड़ंगे और काले रंग के थे। और सैयदियों से अलग दाढ़ी निहायत लम्बी, घनी और घूँघरवाली थी। आँखें हर वक़्त लाल रहती थीं। कहते हैं दिन हो या रात, हर वक़्त कोई न कोई उनके पास बैठा रहता था और सब देखते थे कि वे किसी वक़्त सोते नहीं हैं। बहुत से बहुत किसी वक़्त ख़ानक़ाह में किसी पाए से टेक लगाकर कुछ देर को आँखें बन्द कर लेते थे लेकिन किसी भी नये शख़्स की आहट पर आँखें खोलकर उसकी तरफ़ ध्यान देते थे। वे ख़ुद भी असलहा बाँधते थे और दूसरों को भी कहते थे कि सुन्नत (पैगम्बर मुहम्मद की ज़िन्दगी का तरीक़ा) है। आदमी के लिए बेहतर है कि कोई भी सुन्नत न छूटे।

वे किसी रईस, किसी फ़ौजी ओहदेदार, किसी सुल्तानी साहिबे एख़्तियार, यहाँ तक कि सुल्ताने वक़्त के वहाँ भी न जाते थे। धीरे-धीरे उनके यहाँ इतना जमावड़ा जमने लगा और सब के सब असलहाबन्द, कि कोतवाले-शहर को शक होने लगा कि ये कुछ करनेवाले तो नहीं हैं। सुल्तान जलालुद्दीन ख़िलजी का ज़माना था, सुल्तान को कोतवाली पर्चा लगा कि सैयदी मौला के लच्छन बुरे मालूम होते हैं। सुल्तान जलालुद्दीन हालाँकि निहायत नर्म दिल और सुलहपसन्द हाकिम था, लेकिन बार-बार के अख़बार के पर्चों और फिर उसके अपने-अपने मुख़बिरों की सूचनाएँ यही कहती थीं कि सैयदी मौला के मुरीद सभी हथियारबन्द रहते हैं। कुछ फ़ातिहा का नज़राना नहीं लाते लेकिन खाना सबको पेट-भर मिलता है। उनकी ख़ानक़ाह में आनेवालों की संख्या बढ़ती जाती है।

सुल्तान रोज़-रोज़ की ख़बरों से घबरा गया और उसने अनेकों बार सैयदी मौला को दरबार में बुलवाया। लेकिन वे कहाँ सुननेवाले थे। अब सुल्तान का शक यक़ीन में बदल गया कि दाल में कुछ काला है। उसने अपने दरबारी मुफ़्ती से फ़तवा मँगवाया कि सज़ा ऐसे शख़्स की क्या हो जो बार-बार बुलवाने पर भी दरबारे सुल्तानी में हाज़िर नहीं होता। मुफ़्ती साहब को सुल्तान की ख़्वाहिश ख़ूब मालूम थी। उन्होंने अतीउल्लाह व अतीउलरसूल व ऊली अलअम्र मर मनकुम की दलील पर फ़तवा दिया कि ऐसे शख़्स का क़त्ल करना ज़रूरी है। सुल्तान को तो बस शरई बहाने की तलाश थी। उसने फ़ौरन सैयदी मौला इंसाफ़ करनेवाले सुल्तान का हुक्म न मानने के जुर्म में क़त्ल करा दिया और उनकी ख़ानक़ाह लुटवाकर खुदवा डाली और ऐलान करा दिया कि सैयदी मौला के मुरीद फ़ौरन तौबा करें वर्ना सुल्तान के क़हर के लायक़ क़रार दिए जाएँगे।

अल्लाह की शान, जहाँ मेला लगा रहता था और हलवे की देगें गर्म होती थीं और नान के तन्दूर दहकते थे वहाँ अब परिन्दा भी पर न मारता था। दिल वाले साहबों की आँखें भर आईं। कुछ खुले बन्दों ने तो कहा कि सुल्तान ने अच्छा नहीं किया। बेगुनाह ख़ून रंग लाये बग़ैर न रहेगा। और यही हुआ। कुछ ही मुद्दत गुज़री थी कि सुल्तान के सगे भतीजे अलाउद्दीन ने

कड़ा के स्थान पर क़त्ल उसे कराके लाश गंगा नदी में फिकवा दी। ताज तो उसका एक मछेरन के हाथ लगा लेकिन सर कहीं न मिला। सैयदी मौला का मज़ार फिर से नया बना और ज़ियारतगाह ख़ास-ओ-आम हुआ और अब लग यूँ ही है। लेकिन आज ढाई सौ बरस बाद भी मज़ार पर शहीद का जलाल इतना ज़्यादा बरसता है कि कोई देर तक वहाँ ठहरता नहीं। मैंने मज़ार के सामने से गुज़रते-गुज़रते सलाम किया और नीयत की कि अमीर जान के यहाँ फ़ातिहा ख़्वानी के बाद आप के मज़ार पर फ़ातिहा पढ़ूँगा। फिर ख़िदमते सुल्तान जी में हाज़िर हूँगा।

क़ब्र ढूँढ़ना अमीर जान की हरगिज़ मुश्किल न था क्योंकि क़ब्र के कुछ ही फ़ासले पर पानी का प्याऊ था। हालाँकि इस वक़्त सन्नाटा था, लेकिन मज़ार का कतबा मैं फ़ौरन पहचान गया। ताक़ में कालिख का दाग़ बहुत हलका था, जैसे चराग़ यहाँ कभी ही कभी जलता हो। मैं अचानक बेहाल हो गया। आह ज़िन्दगी में क्या-क्या रौनक़ें थीं और अब क्या हालत है? शुरू और आख़िर फ़ना ही फ़ना है। करम करनेवाला ख़ुदा सबका अंजाम बख़ैर करे। लेकिन ये क्या, परली तरफ़ क़ब्र एक जगह से खुली हुई नज़र आ रही थी। हाय, अफ़सोस बिज्जू और कफ़न-चोर यहाँ भी बाज़ नहीं आते। मैंने इधर-उधर नज़र दौड़ाई कि कुछ झाड़ी, झंडी घास-फूस हो तो मिट्टी पत्थर मिलाकर खुली हुई क़ब्र को बन्द कर दूँ। चन्द लम्हों में सब इकट्ठा हो गया और मैं क़ब्र की उस खुली हुई जगह के ऊपर आया कि एहतियात से उसे पाटने की कोशिश करूँ। लेकिन मैं डरकर पीछे हट गया। क़ब्र के अन्दर रौशनी-सी थी। अन्दर कोई चोर था क्या? लेकिन ऐसा दिलावर चोर कहाँ जो क़ब्र के अन्दर चराग़ ले कर जाए। मैंने दूर ही दूर से आँखें गड़ाकर देखा। कुछ हरे-से रंग की रौशनी थी, आँखें ठंडी हुई जा रही थीं। हिम्मत करके मैं दोबारा नज़दीक गया, लेकिन इसके पहले मैंने चारों तरफ़ निगाह दौड़ाईं कि कोई और नज़र आ ज़ाए तो उससे मदद के लिए गुज़ारिश करूँ। कोई भी नहीं था। सारे चकोर, कबूतर, मोर सब बिलकुल चुप हो गए थे। जैसे सूर्य ग्रहण के अँधेरे में जानवर और परिन्दे चुप हो जाते हैं। मुझे और भी डर लग रहा था लेकिन वह रौशनी मुझे अपनी तरफ़

खींचती-सी लग रही थी। अब जो ग़ौर से देखा तो रौशनी कुछ बढ़-सी गई थी और लगता था कि क़ब्र की खुली जगह में किसी ने मेरे लिए मशाल रख दी हो। लेकिन दिन चढ़कर अब आधे दिन के क़रीब था।

ऐसे में मशाल की क्या वजह हो सके है? मुझे बुलाना मक़सद था तो...लाहौल विला क़ुव्वत, यह मैं क्या सोच रहा हूँ। क़ब्र में से कोई किसी को बुलाता है और मैं हूँ भी कौन कि मुझे बुलाया जाए। मैं अमीर जान के साथ सरसरी जान-पहचान का भी दावेदार न हो सकता था। तो क्या यह भूत-प्रेत का कारनामा है? मेरी ज़ुबान पर बेइख़्तियार आयतल कुर्सी जारी हो गई। फिर मैंने क़ुरआन शरीफ़ की आख़िरी दो आयतें पढ़ीं। फिर आयतल कुर्सी की तिलावत की। अचानक मेरे दिल में ख़याल आया कि क़ुरआनी आयतें इतनी पढ़ ही चुका हूँ। उन्हीं को फ़ातिहा क़रार देकर सवाब भेज दूँ और उल्टे पाँव...मगर इस रौशनी में अजब-सी कशिश है। या यह सब मेरा वहम है? क्या मालूम सैयदी मौला साहब जैसा कोई पहुँच वाला यहाँ भी दफ़्न हो और किसी वजह से असर उनका मुझ पर हो रहा हो। यहाँ से चल लेना ही...मैंने जल्द-जल्द दिल ही दिल में अमीर जान को ईसाले-सवाब किया। या अल्लाह, अगर यह कोई कारनामा भूत-प्रेत का कि क़ुरआनी आयतें या ख़ुदा न करे अज़ाब क़ब्र का है तो अपने हबीब के सदक़े तो इस अपनी नाचीज़ बन्दी को इस मुसीबत से, इस क़हर से नजात दे दे। मैंने मिन्नत मानी कि अगर मुझे मालूम हो जाए कि अमीर जान पर कोई क़हर नहीं है और यह रौशनी भूत-प्रेत वाली नहीं है तो यहाँ से उठते ही सुल्तान जी साहब के मज़ार पर पूरे साढ़े तीन सौ तनकों की देग पकवाकर मोहताजों को खिलाऊँगा। मगर दिल मेरा यहाँ से जाने को नहीं भी चाह रहा है। ज़रा और झुककर देखूँ कि अन्दर क्या है। अब जो ग़ौर करता हूँ तो क़ब्र के बग़ल में कोई दरार नहीं बल्कि चोर दरवाज़ा-सा है बिलकुल ठीक-ठाक बना हुआ। और रौशनी भी कुछ ऐसी है जैसे कई शमाएँ फ़ानूसों में रौशन हों। और यह तो कुछ ज़ीना-सा है अन्दर उतरने का, जैसा कि तहखानों में होता है। मेरे क़दम ख़ुद-बख़ुद उठते जा रहे हैं, बढ़ते जा रहे हैं। मैं चोर दरवाज़े में दाख़िल हो गया हूँ। अब मैं नीचे उतर

रहा हूँ। कहीं वह चोर दरवाज़ा बन्द न हो जाएगा? मुझे अलादीन का जादुई चराग़ याद आया। जब अलादीन ने चराग़ देने से इनकार किया तो उसके मामूँ...नहीं...उसके चाचा ने गुफ़ा का दरवाज़ा बाहर से बन्द कर दिया था। अगर यह चोर दरवाज़ा भी बन्द हो गया तो?...लेकिन मुझे कौन-सी चीज़ वहाँ से लाके किस चाचा-मामा को देनी है, मुझे काहे का डर लेकिन अगर दरवाज़ा बन्द न हुआ ग़ायब हो गया? फिर मैं वापस क्यों कर आ सकूँगा? वापस लौट चलते हैं। अभी तो चोर दरवाज़े से आती हुई बाहर की रौशनी दिखाई दे रही है अभी वक़्त है।

पाँचवाँ अध्याय

बहुत बड़ा, दूर तक फैला हुआ, बाग़। उसमें नहरें और हौज़ और मरमरी फ़व्वारे छलछलाते हुए हलके केवड़े की मिलावट लिये हुए, माहौल नम, पानी की बूँदों से रौशन। शाख़ों में बुलबुलें और कई ऐसे परिन्दे जिन्हें मैं पहचानता नहीं, चहचहाहट पूरे माहौल में ठंडी फुवारें छोड़ रहे थे। लालिमा लिये हुए बालों वाली गिलहरियाँ पेड़ों में आँख-मिचौली खेल रही हैं। सामने हरे-भरे मैदान-सा माहौल, सफ़ेद हिरन, चीतल, ख़रगोश, मोर, सुर्ख़ाब आ-आकर हौज़ से पानी पी रहे हैं। एक हिरन पानी पीते-पीते ठिठककर रुक गया है और लम्बी मोहिनी गर्दन को मोड़कर बड़ी-बड़ी हैरत में डूबी आँखों से कुछ देख रहा है। दूर आसमान में बड़े-बड़े परिन्दे, उक़ाब और सीमुर्ग़ जैसे लेकिन उनसे किसी को शिकार बनने का ख़ौफ़ नहीं। एक-दो उक़ाब कभी ग़ोता मारकर नीचे आ जाते हैं तो उनका साया पानी में पड़ता है, हिरन शायद इसी से भौंचक्का हो गया है।

> अजब पुरबहार बाग़ है कि बहार को भी इस बहार पर दाग़ है। हरे-भरे और फलते-फूलते दरख़्त, जोबन पर गुलाब, नसरीन और नस्तरन के फूल फ़न के माहिर माशूक़ों की तरह, सर्व

और शमशाद के पेड़ ऐसे कि जिनसे महबूब के क़द की याद आए, चमन के फूलों का रंग ऐसा है जैसे फूलों जैसे बदन वाली महबूबाओं के गाल, हवाएँ सर्द चल रही हैं, मुहब्बत की हवा के नश्शे से लड़खड़ाती है, हर एक शाख़ दरख़्त से टकराती है। लेकिन दबे पाँव चल रही है। ख़याल है कि ऐसा न हो पाँव की धमक से गर्द उड़े और फूल के गालों पर पड़े। नहरें सैकड़ों आब-ओ-ताब से जोश में हैं, बहार पर हर चमन, जाम-ओ-सुराही मौजूद, अमरूद के फल अपने रंग पर हैं, लाला का फूल रूपी जाम शराबे शबनम से भरा है, और मुश्क-ओ-अम्बर की उसमें ख़ुशबू है। चकोर ख़जूर और सर्व के दरख़्तों पर सैकड़ों रौनक़ों और सजावटों के साथ बैठे हैं। ख़ुदा की आवाज़ को बुलन्द कर रहे हैं, मज़हबी क़लन्दर कू-कू की आवाज़ से दर्दमन्द हैं। साफ़ साबित होता है कि कोई दरवेश गोशा नशीं याहू-याहू कर रहा है। जिस्म पर मिट्टी का लिबास पहने है, हर वक़्त यादे इलाही में मसरूफ़ है। उसकी सदाए हक़ दुनिया की नापायदारी को समर्पित है।

(नौशेरवाँ नामा, जिल्द अव्वल,
लेखक : शेख़ तसद्दुक़ हुसैन, पेज 19)

मैं बढ़ता चला गया। हैरत की बात ये भी देखी कि सारे बाग़ में बाग़बानियाँ ही बाग़बानियाँ थीं, एक से बढ़कर एक ख़ूबसूरत, और मर्द बाग़बान कोई न था। नज़र की सीमा से ज़रा उधर एक बहुत बड़ी इमारत थी। मैंने दो ही चार क़दम बढ़ाए थे कि इमारत बिलकुल नज़दीक आ गई। अमीर जान की हवेली, हूबहू जैसी मैं देहली में अभी देखकर चला आ रहा था। फ़र्क़ सिर्फ़ ये था कि सच्ची हवेली भूरे और कालेपन के साथ लाल पत्थर की थी। और ये हवेली सफ़ेद संगमरमर की थी। जैसे ठंडे दूध से भरी चीनी की सुराही, इतनी तरी और ख़ुनकी थी कि जी चाहता था उठा कर मुँह में रख लीजिए। सामने हाथी वैसे ही झूम रहे हैं। थोड़ी दूर पर जमुना वैसे ही बह रही है। घाट पर नहानेवाले कोई नहीं हैं लेकिन बजरे, बादबानी कश्तियाँ, हवा के ज़ोर से चलनेवाले जहाज़, सब सामान्य रूप

से चल रहे थे। हम लोग पहली बार हवेली असली पर गए थे तो दिन का वक़्त था लेकिन इस वक़्त शाम लगती थी। कनीज़ों का कहीं पता न था। मैं बेधड़क अन्दर चला गया। वैसा ही गलियारा, दाईं तरफ़ वैसा ही तंग और ऊँचा ज़ीना, लेकिन इस बार हर तरफ़ वही हलकी हरी, कुछ नीली गुलाबी रौशनी। गर्मी या हरारत का बिलकुल एहसास न था। इस बार जी ने कहा कि गलियारे में धँसने से पहले ज़ीनों पर चढ़कर देखूँ वहाँ से क्या नज़र आता है।

उम्मीद के ख़िलाफ इस बार ज़ीना बिलकुल रौशन था। जैसे रौशनी मेरे पीछे-पीछे हो, साथ-साथ हो कि जहाँ जाऊँ वहाँ रौशनी पहले ही पहुँच जाए। मुझे बड़ा डर लगा। ये क्या असरार (रहस्य) है? जिन्नाती करिश्मा है या कुछ जादू या जादूगरी का चक्कर है। मुझे आगे बढ़ते ही जाना था, न जाने क्यों वापसी का ख़याल अब मेरे दिल से निकल गया था। पेचदार ज़ीना लेकिन तंग नहीं, जैसे कि क़ुतब साहब की लाट के अन्दर जाने के लिए ज़ीने तंग थे। तो क्या ये लाट थी और बहुत मोटी, चौड़ी? मैंने सीढ़ियाँ गिननी शुरू कीं। मगर जल्द ही गिनती भूलने लगी। हर दस-बीस ज़ीना चढ़ने पर लगता मैं गिनती भूल गया हूँ। याद करने की कोशिश करता तो और भी फ़िक्र होती कि सीढ़ियाँ गिनना बल्कि सीढ़ियाँ चढ़ना दुरुस्त है भी कि नहीं। कितनी भी सीढ़ियाँ चढ़ लूँ, अंजाम कुछ न होगा। मेरा जी मतलाने लगा इस ख़याल से अब मैं क़यामत तक सीढ़ियाँ ही चढ़ता रहूँगा लेकिन अब तो वापसी की भी हिम्मत न थी। मैंने एक शख़्स के बारे में सुना था कि उसने शर्त बदी कि सामनेवाले बहुत ही ऊँचे पेड़ की फुनगी तक चढ़ जाऊँगा। पेड़ इतना लम्बा-चौड़ा था कि फुनगी भी उसकी बहुत मोटी मालूम होती थी। लेकिन जब वह ऊपर पहुँचा तो क्या देखता है कि फुनगी तक पहुँचने के लिए जिस डाल पर चढ़ना ज़रूरी था, वह टूटी हुई है। आगे जाना ग़ैरमुमकिन हो गया था। उसका दिल मायूसी से भर गया लेकिन उसने घूमकर नीचे देखा तो ज़मीन बहुत दूर लगी, इतनी दूर कि उसके पाँव काँपने लगे। इतनी दूर नीचे किस तरह उतरूँगा मैं। उसका

दिल मायूसी और ख़ौफ़ से भर गया और वह चिल्लाने और रोने लगा कि बचाओ-बचाओ मैं गिरा जाता हूँ। आख़िरकार उसके दोस्तों और गाँव वालों ने सीढ़ियाँ लगाकर और रस्सियाँ ऊपर फेंककर उसे हज़ार ख़राबियों से नीचे उतारा।

लेकिन यहाँ तो कोई दोस्त, कोई गाँव वाला नहीं है। मेरा क्या होगा? अचानक ज़ीने ख़त्म हो गए, सामने खुली हुई छत थी जिस पर वही रौशनी फैली हुई थी। मैं चार क़दम आगे बढ़ा। दूर क़ुतुब साहब की लाट साफ़ नज़र आती थी। तो मैं अभी उसी क़ब्रिस्तान में हूँ? सामने मेरे एक बारादरी मरमरी, दालान में एक दरवाज़ा खुला और मैं अन्दर चला गया।

वही मंज़र, क़सम है अल्लाह की, बिलकुल वही मंज़र था। अमीर जान किसी सुल्तान की तरह तख़्त पर बैठी थीं, पीछे दो लौंड़ी मोरछल लिए हुए, दाएँ-बाएँ कनीज़ें। कहीं पर्दे के पीछे अरग़नूँ बज रहा था। कोई धीमे सुरों में गा रहा था। हलके सुरों की बूँदियाँ पड़ रही थीं। हर तरफ़ इत्र की धीमी-धीमी फुहार बरस रही थीं। दूर कहीं चिड़ियाँ चहचहा रही थीं। लेकिन इस बार मैंने पहचाना कि वे लाल थे जो बरसात में ख़ूब बोलते हैं। लगता था सीटी उनकी छत के ऊपर से आ रही है।

> 'ल...ली...लीजिए, मैं आप क...का क़ क़र्ज़ा व...वापस करने...'

मुश्किल से मेरे मुँह से निकला।

लेकिन मेरी बात ख़त्म होने के पहले ही अमीर जान जैसे ख़्वाब से चौंकीं। उनके चेहरे पर ग़ुस्सा और लापरवाही की झलक साफ़ ज़ाहिर थी। वह सारी नर्मी चेहरे की और मुखड़े की नज़ाकत सख़्ती में बदल गई।

> 'तुम यहाँ कैसे आए? तुम यहाँ क्यों आए? चलो, फ़ौरन बाहर निकलो।'

उन्होंने कुछ इस तरह कहा जैसे मुझे पहचानती ही न हों।

'जी...मैं...गुल मोहम्मद हूँ, ख़ाने दौराँ की टुकड़ी में मुलाज़िम हूँ...मुलाज़िम था। आपने...'

अब उनका नज़रअन्दाज़ करना और भी ज़ाहिर होने लगा था। उन्होंने न सिर्फ़ चेहरा फेरकर बल्कि पहलू मेरी तरफ़ से मोड़कर लौंड़ियों की तरफ़ देखा और माथे पर शिकन डालकर हुक्म दिया :

'खड़ी देखती क्या हो? जानती हो किसी ग़ैर को यहाँ आने की इजाज़त नहीं। इसे धक्के देकर निकालो, दफ़ा करो इसे।'

दोनों में से एक लौंड़ी ख़ंजर हाथ में लेकर मेरी तरफ़ बढ़ी, दूसरी ने हलके से ताली बजाई तो कई और भी पर्दे के पीछू से निकल आईं। पहली लौंड़ी चार क़दम में मेरे सामने आ गई थी और मैं मारे तअज्जुब और ख़ौफ़ के वहीं जम कर रह गया था। फिर उस ख़ंजर वाली औरत का हुस्न भी ऐसा था कि रईस भी अच्छे-अच्छे हैरान हो जावें।

'चलो महल ख़ाली करो, वर्ना पेट में ख़ंजर उतार दूँगी।'

उसने सर्द लहज़े में कहा और इशारा दरवाज़े की तरफ़ किया।

मुझ पर जैसे ख़्वाब की दुनिया छाई थी। इरादा और अक़्ल मिट गई थी। उस ख़ंजर चलानेवाली पर से नज़र न हटती थी। इतने में कई और बाँदियाँ जो पर्दे से बाहर आई थीं, मेरे चारों तरफ़ घेरा बनाकर खड़ी हो गई थीं। उनमें से एक हब्शी थी, मुझसे बहुत ज़्यादा लम्बी थी। उसने मेरा कन्धा हिलाया जैसे सोते को जगाते हैं और हलके से मुझे धक्का दिया।

मैं जैसे आप से आप चल पड़ा और आप से आप ही ज़ीने से उतर गया। इस बार ज़ीने पेचदार न लगते थे।

वही हब्शी मेरे पीछू-पीछू आई। रौशनियाँ पहले ही की तरह मेरा पीछा कर रही थीं। नीचे अन्दरूनी दरवाज़ा बाहर की तरफ़ खुलता था। हब्शी ने दरवाज़े को अपनी तरफ़ खींचकर खोला और खिलन्दड़े-से अन्दाज़ में मेरी पीठ थपथपाकर हलके-से बाहर धकेला जैसे अपने अन्दाज़ से कह रही हो कि अगर वक़्त और जगह मुनासिब होती तो...

सदर दरवाज़े के सामने वह बाग़ अब न था। या शायद मैं किसी और दरवाज़े से बाहर किया गया था। नग़मों और चहल-पहल से फ़िज़ा गूँज रही थी। मैंने घबराकर पीछे मुड़कर हब्शी की तरफ़ देखा, लेकिन वहाँ कोई न था। दरवाज़ा इस तरह बन्द हो गया था जैसे कभी खुला ही न था।

बाज़ार, बहुत रौशन और चमक-दमक भरा बाज़ार। हुस्न इस बाज़ार का क्या बयान करूँ। जवान हसीनाएँ, ख़ूबसूरत, हसीन और सुन्दर, हर तरफ़ ऐंठती फिरती हैं। चादरों में से जिनके हुस्न की रौशनी फूटती है ऐसी ख़ूबसूरत औरतें, पालकियों और डोलियों के झरोखों से लगी हुई बड़ी-बड़ी काली, शरबती, जामुनी आँखें, कभी-कभी झलक मार देती हैं तो दिल-दिमाग़ में ठंडक दौड़ जाती है। दुकानें सामान और माल और दूसरे तिजारत के सामान से पटी पड़ी हैं। भीड़ ख़रीदारों, मोल-भाव करनेवालों की और आज़ाद टहलते हुए बेफ़िकरों की। बीच में बाज़ार के एक नहर, ताज़ा ख़ुशगवार पानी की रवाँ, उसके दोनों तरफ़ पेड़ फूलों और फलों से लदे हुए। मगर कोई उनमें फूल नहीं चुन सकता था। पके हुए और मीठे फल शाही मुलाज़िम चुन-चुनकर तोड़ते और मूँज के सबद में इकट्ठा करते हुए। नहर का पानी घास-फूस से पूरी तरह पाक, आईने की तरह। बाग़बानियाँ गिरी हुई पत्तियों और पंखुड़ियों को जाल में समेटती हुईं। क्या मजाल जो कोई बेख़याली में भी कोई तिनका, कोई घास, कोई चिथड़ा, नहर में डाल दे। बाज़ार का हिसाब रखनेवालों का यह भी एक काम है। सौंटे लिए हुए फिरते हैं। जहाँ किसी ने एक चिथड़ा भी गिराया, सौंटा लहरा के उससे कहा कि उठा, वर्ना पीठ लहूलुहान कर दूँगा।

दूर बाज़ार के एक सिरे पर आसमाँ महल जनाब, लाल पत्थर का बना हुआ जैसे कोई जवाँ हुस्न और हट्टा-कट्टा हो, जिसके गालों से जवानी का ख़ून टपक रहा हो। उसके सामने खुला मैदान जिसमें भाँत-भाँत के लोगों की बेशुमार भीड़ हो। हालाँकि बाज़ार में दुनिया-जहान की तोहफ़ा-तोहफ़ा चीज़ें बिक रही थीं, मेरे पाँव ख़ुद-ब-ख़ुद उस महल की तरफ़ खिंच गए जिसके सामने मेला-सा लगा हुआ था। तीन तरफ़ नहर, सामने से खुला हुआ वह चौक न था, नमूनों और अचम्भों का ख़ज़ाना था। मैंने पीछे मुड़कर देखा कि अमीर जान की सफ़ेद हवेली और वह बाग़ और हरियाली नज़र आते हैं कि नहीं। मगर वहाँ तो दूर तक बाज़ार ही बाज़ार था। सामने तुरही और शहनाई बज रही थी, एक तरफ़ मुर्ग़ें लड़ाए जा रहे थे। एक तरफ़ ठेले पर ठट्ठर-सा बाँधकर चिड़ियों के रहने-बसने के लिए खोखे और चट्टियाँ लगी हुई थीं। तरह-तरह की पालतू चिड़ियाँ, लाल, पिदड़ी, कोयल, बुलबुल, हज़ार गुला, पेलक, सफ़ेद चकोर, लाल चकोर, फ़ाख़्ता, लाल और काले रंग की महोकी, और न जाने कितने उन्हीं की तरह के जानवर, चलते-फिरते बसेरों में और उनके आस-पास उड़ते फिरते थे। लगता ही न था कि उन्हें जंगल से पकड़कर सधाया गया होगा।

तानपुरे पर सुर सध रहे हैं। घुँघरू की छुन-छुन, छुना-छुन भी धीरे-धीरे सुनाई दे जाती है। फ़ारसी-अरबी पढ़ा होने की वजह से मुझे शेर-ओ-शायरी से थोड़ा-बहुत शौक़ एक ज़माने में ज़रूर था, पर गाने-बजाने, नाच और गीत से सिर्फ़ तमाशाइयों और शौक़ीनों वाला रिश्ता था। सुरीली आवाज़ सुनकर ध्यान बेशक चला जाता था। मैंने नज़र उठाकर देखा तो एक बड़े से लकड़ी के चबूतरे पर फ़र्श बिछा हुआ, और उसके ऊपर पाल की छत, चारों तरफ़ गजरों और फूल हार का जोश। सारा माहौल रौशनियों से झिलमिला रहा था। लकड़ी के चबूतरे पर एक बारा-चौदह बरस की उम्र की गुड़िया के हुस्न और गाने के जलवों के फ़रेब के लिए काफ़िर व मोमिन तैयार हो रहे हैं।

वह काफ़िर हुस्न पर थी अपने मग़रूर
सरापा मिस्ले बर्क़ शोल-ए-तूर

भरा सीने में जोशे नौजवानी
ज़ुबाँ मसरूफ़ लफ़्ज़ लनतरानी

क़द मौज़ूँ सरापा नूर में ग़र्क़
बरंग मिसरा बरजस्ता-ए-बर्क़

अयाँ हर अज़ू से शाने क़यामत
सरापा जान-ओ-ईमान क़यामत

दमे रफ़्तार गिरता है क़दम पर
बजाय साया रंग रूए-महशर

वह काफ़िर ज़ुल्फ़ या दूद जिगर है
दिले-ज़ाहिद से भी तारीकतर है

ग़ज़ब है जाके फिर आना उधर का
असर है ज़ुल्फ़ में तारे-नज़र का

वह पेशानी कि का बद्र मुश्ताक़
दरख़्शां कौकब इक़बाले उश्शाक़

हमेशा देखकर शाम-ओ-सहर को
कहे ली साजिदें शम्स-ओ-क़मर को

हर इक अबरू है तेग़े ख़ुश नज़्ज़ारा
सरापा जौहरे मौजे इशारा

दमे ज़ुम्बिश अदा उस फ़ित्नागर की
मुबारकबाद है ज़ख़्मे जिगर की

ख़ुमार आलूदगी आँखों से पैदा
नज़र से कैफ़े मस्ताना हवैदा

निगाह मस्त फिरती है जिधर को
ग़शी आती है मायूस नज़र को

वह मिज़गाँ वक़्ते आराइश करें घर
दिले आईना में मानिन्द जौहर

किनारे बाम-ओ-रुख़सारए पुर नूर
नज़र आते थे जैसे शोलए तूर

यही कहता है हर मुश्ताक़ मुज़्तिर
सवा नेज़े पे है ख़ुरशीदे महशर

दहन गिर्दाबे सहबाए मानी
ज़ुबाँ मौजे शराबे लनतरानी

तबस्सुम बन के हर लब से हवेदा
तक़ाज़ा शोख़िए तबा जवां का

जनखदाँ जलवागर मानिन्दे गिर्दाब
बरंगे आबे गौहरे ख़ुश्क ओ सैराब

सिफ़त गरदन की अफ़ज़ूँ हौसले से
वही जाने जो लग जाए गले से

हर इक शाना बरंगे दस्तए गुल
ज़ियारत गाह सुब्हे ईदे बुलबुल

अयाँ सीने से आग़ाज़े जवानी
नमूँ पिस्ताँ की ग़म्माज़ जवानी

नज़ाकत से अजब आलम कमर का
गुमाँ सबको रगे तारे नज़र का

कोई सूरत नज़र आती नहीं साफ़
मगर है ख़ल्क़ को मीम कमर नाफ़

हर इक ज़ानू तरब अँगेज़ उश्शाक़
बज़ाहिर जफ़्त ख़ूबी में मगर ताक़

नुमायाँ पायचे से साक़े पुर नूर
तहे फ़ानूस जैसे शमए काफ़ूर

बहारे हुस्न है जोशे सफ़ा से
अयाँ रँगे हिना है पुश्ते पा से

(नौशेरवाँ नामा, जिल्द अव्वल,
लेखक : शेख़ तसद्दुक़ हुसैन, पेज 258-259)

उसके बाद मुझे ख़बर न लगी कि उस क़ातिले दुनिया ने कब तक जलवे दिखाए, उसने क्या गाया और क्या नाचा। अगर नंगल ख़ुर्द न होता और मेरे बीवी बच्चे न होते...

मुझे झिरझिरी-सी आई। आँख-सी खुल गई। क्या वह ख़्वाब की सोहबत थी? नहीं, अभी लोग पहले ही की तरह आ-जा रहे थे, तमाशबीन भी कई मौजूद थे। एक तरफ़ तलवारबाज़ अपने फ़न की नुमाइश कर रहे थे, एक तरफ़ रीछ वाला अपने रीछ और उसके बच्चे के साथ जमावड़ा लगा रहा था। हसीनों और माशूक़ों का जोश पहले की तरह था। मुझे अब चलना चाहिए। कल सुबह तक तै करना है कि देहली में रहूँ या गाँव वापस जाकर ज़रा बची हुई रक़म को किसी कारोबार में लगाऊँ?

मगर वापसी किस तरह और किधर से हो? यहाँ तो सारे कारख़ाने जिन्नाती-से लगते थे। क्या मुझे क़ुदरते ख़ुदा से किसी नये शहर में पहुँचा दिया गया है और मुझे अब यहीं रहना है? फिर मेरे घर-बार बीवी-बच्चों, बूढ़ी माँ, उन सबका क्या होगा? पर ये शहर नया शहर है कि कुछ और? अगर नया शहर है तो मैं अमीर जान की क़ब्र में दाख़िल होकर यहाँ क्योंकर पहुँचा? और अमीर जान की हवेली के कोठे से जो शहर मुझे दिखता था वह तो देहली ही था...क़ुतुब साहब की लाट और कहीं तो है नहीं। माना जो नदी मैंने देखी वह जमुना न थी, मगर वह लाट तो क़ुतुब साहब ही की थी। क्या पता क़ुदरत के कारख़ाने में कहीं कोई और क़ुतुब साहब भी हों, उनकी लाट भी हो, बस वे सुल्तान व हाकिम न हों जो देहली में हो गुज़रे थे। और क्या पता वे हाकिम भी हों, हो गुज़रे हों। तो अमीर जान मुझे क्योंकर मिलें? और यहाँ क्योंकर मिलें? क्या अमीर जान भी एक से ज़्यादा थीं और जो यहाँ मरीं वे कोई और थीं।

बात समझ में कुछ न आती थी। मेरा सर चकराने लगा। मैंने घबराकर इधर-उधर निगाह की। कोई बर्फ़ वाला, क़ुल्फी वाला या कोई अत्तार मिले तो इलाज अपने सर के चक्कर आने का करूँ। मगर दाएँ-

बाएँ जल्द-जल्द सर घुमाने से घूम और भी बढ़ी। मैं चक्कर खाकर गिरा और बेहोश हो गया।

पता नहीं मैं कब तक बेहोश रहा। मुझे तो लगा कि फ़ौरन ही तबीयत बहाल आ गई है, मगर जब आँख खुली तो वह मेला न था। अमीर जान की क़ब्र के चोर दरवाजे को जाती हुई सड़क लेकिन साफ़ दिखती थी। मैं सरपट सड़क पर दौड़ा कि कहीं फिर हालत ख़राब न हो जाए। बहुत जल्द ज़ीने उतरकर मैं चोर दरवाज़े से बाहर आ गया। मैंने देखा तो नहीं, मगर मुझे लगा कि मेरे पीछे दरवाज़ा बन्द हो गया और वे रौशनियाँ भी ग़ायब हो गईं। कुछ दूर पर सैयद भूरे शाह साहब या शायद बाबा निज़ामुद्दीन सुल्तान जी साहब की चौखट पर बहुत ऊँचाई पर एक दीया लेकिन रौशन था।

छठा अध्याय

शाम नहीं...बिलकुल नहीं...शाम का कोई वक़्त न था। मैं इस क़ब्र (जो भी इसे कहें) के अन्दर बहुत से बहुत दो या ढाई घड़ी रहा था और जब दाख़िल हुआ था तो ज़्यादा से ज़्यादा चार घड़ी दिन चढ़ा था। ज़ुह्र (दोपहर की नमाज़) का वक़्त भी दूर था, मग़रिब (सूरज डूबने) का क्या सवाल था। मैंने घबराकर देखा। सारे क़ब्रिस्तान में झाड़ियों, झंडियों, काँटेदार झड़बेरियों, बरुओं और मेहँदी के घने झुंड से ढके हुए ज़मीन के टुकड़ों के सिवा कुछ नज़र नहीं आता था। क़ब्रें सब मिट चुकी थीं या अगर थीं तो झाड़ और झाड़ियों तले दबकर ग़ायब हो चुकी थीं। मैंने हैरान होकर अमीर जान की क़ब्र की तरफ़ देखा। मगर वहाँ तो कोई क़ब्र न थी। माना कि उनके मज़ार का कतबा (शिलालेख) बहुत ऊँचा न था। लेकिन दिखाई देता था। अब तो यहाँ कुछ भी न था। और सुल्तान जी के नाम पर लगाया हुआ वह प्याऊ और उससे मिला हुआ कुआँ किधर था? यहीं, बस यहीं तो था। इसी प्याऊ से मैंने अमीर जान की क़ब्र की पहचान की थी।

मैंने घबराकर अन्धाधुन्ध भागना शुरू किया लेकिन साफ़ रास्ता क्या, तंग जगह भी न दिखाई देती थी। और अगर कहीं अफरातफरी में पाँव मेरा कुएँ में जा रहा हो...मैं रुक गया, जैसे किसी ने भागते घोड़े की रास खींच

ली हो। मगर यहाँ से बाहर तो निकलना ही था। क्या रात यहीं गुज़ारूँगा और ख़ुदा जाने किन-किन तरह की बलाओं और भूत-प्रेतों और जिन्नातों का शिकार बन जाऊँगा। मैंने जी कड़ा करके फिर अपने आस-पास देखा। वह कुआँ तो अब हरगिज़ वहाँ न था। शायद उसका पानी टूट गया हो तो किसी ने बन्द करा दिया हो। म...मगर...मगर इतनी जल्दी क क...कैसे सूख गया होगा आज सुबह ही की तो बात है कि मैं कुएँ में...नहीं...नहीं क़ब्र में उतरा था...न जाने कौन-सी मनहूस घड़ी थी वह जब मैंने...मैंने... क्या? मैंने तो कुछ भी न किया था। कर्ज़ ही तो लिया था। मैं न दुनिया में पहला सिपाही और न पहला शख़्स बेटी ब्याहनी का जो बाप हो। क्या बेटी को ब्याहने के लिए क़र्ज़ लेना कुछ गुनाह है?

मैंने फूँक-फूँककर देखभाल कर क़दम रखना शुरू किया। जिस ऊँची रोशनी का ज़िक्र मैंने किया है कि क़ब्र...क़ब्र से बाहर आकर जिसे मैंने देखा था, उसे ख़ूब ध्यान में रखकर उसकी तरफ़ चलने लगा। चलने क्या लगा, कहीं ख़ुद को खींचकर आगे बढ़ाता, कहीं दोनों हाथों पर पगड़ी लपेटकर अपने हाथों से काँटों में रास्ता बनाता। कहीं सचमुच चारों हाथ-पाँव के बल, सर और मुँह को छुपाकर बस अन्दाज़ा लगाकर आगे बढ़ता। इन कँटीले रास्तों बल्कि नरक के रास्तों में बिच्छू तो क्या होंगे लेकिन ज़हरीले गिरगिटों और साँपों का डर बेशक था। पर मैं तो तक़दीर अपनी पहले ही ठोंक चुका था। साँप से डसवाना आपको मंज़ूर था मगर इस क़ब्रिस्तान में बल्कि इस रण में भी ठहराना मंज़ूर न था।

किसी तरह मैं बाहर आया, अँधेरा ख़ूब फैल चुका था। अब जब मैं ज़मीन की सतह पर था तो वह रौशनी कुछ और साफ़ दिखाई पड़ती थी। सैयदी मौला साहब की मज़ार कहीं दरख़्तों के पीछे छुपी हुई थी। मैंने उसी रोशनी को रास्ते की मशाल बनाकर बढ़ना शुरू किया। हज़रत सुल्तानुल औलिया की दरगाह और सैयदी मौला साहब के मज़ार के बीच में सिर्फ़ भूरे साहब थे और बाक़ी सब जंगल था। भूरे शाह साहब की भी एक झलक अब दिखाई दी। इक्का-दुक्का चराग़ रौशन थे मगर वह ऊँची

रौशनी अभी दूर थी। जंगल में पहले एक पगडंडी उन दोनों को मिलती थी पर वह अब कुछ सड़क-सी बन गई थी। इक्का-दुक्का मज़ार और दरवाज़े भी नज़र आते थे। पहले, पहले क्या मानी? क्या मैं यहाँ बहुत देर के बाद आया हूँ?

सुल्तान जी साहब का दरवाज़ा सामने था। बुलन्द रौशनी की किरनों ने दरगाह की चौखट को रौशन कर दिया था। लोग आ-जा रहे थे। बहुत से लोग मग़रिब की नमाज़ पढ़कर हज़रत अमीर ख़ुसरो की दरगाह पर क़व्वालियाँ सुन रहे थे। कुछ तो फ़ारसी में क़व्वालियाँ थीं और कुछ किसी ऐसी ज़ुबान में थीं जिसे मैं हिन्दी के तौर पर समझ लेता था लेकिन मुझे लगा कि मैं उसे बोल नहीं सकता। मगर ये मुल्क तो हिन्दी ही है, यह शहर तो देहली ही है...अच्छा इन लोगों के लिबास भी कुछ अलग थे। बड़ी मोहरी के दो पाटों का पायजामा, सर पर पगड़ी, लेकिन बदन पर कुर्ते के ऊपर कोई लिबास था जिसकी आस्तीनें आधी थीं और कुछ की आस्तीनें पूरी तो थीं लेकिन ऊपर से लम्बाई में आधी कटी हुई थीं। हम लोगों के विपरीत उनके कुर्ते रंगीन, फूलदार ओर पायजामे रंगीन धारियों वाले कपड़ों के थे। मैंने ग़ौर किया तो कपड़े न सूती थे न रेशमी, कुछ मिलवाँ बनावट के थे। मुझे वे कपड़े ख़ूबसूरत मगर अजीब लगे क्योंकि हम लोगों में मर्द हमेशा रंगीन लेकिन भारी रंगों वाले माशी, कालापन लिये हुए हरे, मोंगिया, तेलिया रंग के कुर्ते-पायजामे पहनते थे। हाँ, पगड़ियाँ हमारी तरह उन लोगों में से किसी की काली, किसी की सफ़ेद, और ज़्यादातर लोगों की रंगीन धारीदार थीं।

मैं हैरत में डूबा आसमान की तरह ऊँची दरगाह के सामने खड़ा एक-एक का मुँह तक रहा था। कुछ लोगों ने मेरे कपड़ों या मेरी सूरत को अजनबी जानकर कभी-कभी कनखियों से मुझे देखा। शायद एक-दो ऐसे भी थे जो ठिठके लेकिन ठहरा कोई नहीं। आख़िर मैंने हिम्मत करके एक शख़्स को भला आदमी जानकर सलाम के इशारे से रोका।

'ऐ साहब! ज़रा एक बात बताइएगा।'

अजनबी शख़्स मुझे गौर से देखता हुए ठहर गया। मैं कोई माँगनेवाला तो हो नहीं सकता था, मुसाफ़िर मुमकिन था। उसने नर्म लहजे में कहा :

'जी फ़रमाइए। क्या ख़िदमत कर सकता हूँ?'

उसके लहजे में लोच और मिठास थी। आवाज़ के उतार-चढ़ाव में जल्दबाज़ी या ग़ुरूर बिलकुल न था। उनके मुक़ाबले में मुझे हरयाणवी लहजा अक्खड़ और ख़राब लगा। मुझे ऐसा लगा जैसे मैं उन लोगों की तरह हिन्दी न बोल सकूँगा। गड़बड़ा कर मैंने फ़ारसी में कहा :

'आकाए मन, ई शहर देहली बाशद या न?' (मेरे आका, यह शहरे-देहली है या नहीं)?

मुझे अपनी फ़ारसी अपनी हिन्दी से बेहतर लगी।

अजनबी ने हलकी-सी मुस्कराहट के साथ कहा :

'च ख़ुशगुफ़्तीद आकाए मन सलामत। ईं शहर अलबत्ता देहली मी बाशिद। गुमान तां चीस्त?' (मेरे आका, क्या ख़ूब फ़रमाया आपने। सलामत रहिए। ये तो शहरे देहली ही है। आपने क्या गुमान किया)?

'मगर...मगर ईं हमा चन्दा मतलून अस्त अज़ आँ देहली कि मामी शुना ख़तीम।' (मगर...मगर ये तो उस देहली से कितना बदला हुआ है जिसे मैं जानता हूँ)।

'क़ुरबान शुमा, आग़ा पास अज़ चन्द मुद्दत तशरीफ़ ईं जा आवरदा बाशीद?' (आप पर क़ुरबान आका, आप कितनी मुद्दत बाद यहाँ तशरीफ़ लाए होंगे)?

मैं उसके जवाब में क्या कहता। मुझे घबराहट और दिमाग़ी उलझन की वजह से बड़े ज़ोर का चक्कर आया और फिर मैं दोबारा होश खो बैठा।

जब मुझे होश आया तो मैं अपने अजनबी एहसान करनेवाले के घर के बाहरी दालान में लेटा हुआ था। हकीम आके मुझे एक बूटी सुँघाकर और कोई ठंडक देनेवाली दवा मेरे मुँह में डाल के जा चुके थे। दवा का ज़ायक़ा अब भी मेरे मुँह में था। बीमारी की पहचान ये थी कि आँत की कमज़ोरी और एक मुद्दत से बिना खाये-पिये रहने की वजह से बुख़ार आँत से जिगर की तरफ़ बढ़ गया जिसकी बुनियाद पर जिगर की उलझन ने दिमाग़ को प्रभावित किया, वरना मुझे मिर्गी या उसके जैसा कोई बहुत तकलीफ़देह मरज़ न था। मैं ख़ुश हुआ कि मुझे अपनी असलियत बताने की ज़रूरत भी न पड़ी थी। मेरे अजनबी एहसान करनेवाले ने, जिनका नाम मुझे मालूम हुआ कि हमीददुद्दीन था, शक किया कि मैं मुसाफ़िर था। देहली से सबसे दूर की जो जगह मुझे मालूम थी, वह मुल्के सिन्ध में एक क़स्बा ईसा खील था। इसलिए मैंने यही बताया कि मैं ईसा खील में एक रईस के दरवाज़े पर सिपाही था। अपने हालात की बेहतरी की तलाश में देहली कल ही आया था और फ़ीरोज़शाही सराय में ठहरा था। रास्ता भूल जाने की वजह से और दिमाग़ी उलझन की वजह से मैं अपनी सराय वापस न जा सकता था और रहबर की तलाश में था कि अपने ठहरने की जगह पहुँच जाऊँ।

हमीददुद्दीन ने सोचा कि मज़ार सुल्तान जी पर मेरी ऊटपटाँग बातें दरअसल मेरी परेशानी और रास्ता भटक जाने के कारण थीं। हिन्दी लहजा अलग होना और फ़ारसी बात-चीत में मेरी रवानी की वजह भी यही थी कि मैं सिन्ध का था और पूरब पहली बार आया था। लेकिन देर से मेरी आँतें ख़ाली थीं इसका क्या मतलब हो सकता था, उसने तअज्जुब किया हो। उससे ज़्यादा तअज्जुब तो मुझे था। आख़िर सिर्फ़ आज सुबह ही मैंने कुछ-न-कुछ खाया था और अमीर जान से मिलने चल खड़ा हुआ था। उनके मज़ार में (शायद वह मज़ार था या कुछ और) मुझे मुश्किल से दो-ढाई घड़ियाँ लगी थीं। ऐसे शख़्स को कई दिन का तो भूखा न कह सके हैं।

मेरी पहली मुश्किल यह थी कि इस मामले को कैसे सुलझाऊँ कि मैं देहली में तो था लेकिन वह देहली अजनबी मेरे लिए बड़ी हद तक थी। ऐसा क्यों? ये आसान लगा कि हमीदुद्दीन से बातचीत का सिलसिला यूँ

छेड़ूँ कि मेरा राज़ न खुले कि मैं दर हक़ीक़त कहाँ का था और यह मुझ पर खुल जाए कि हक़ीक़त इस वक़्त देहली शहर की क्या है? शुक्र अल्लाह का कि मेरा यह कहना कि मैं ईसा खील में दरवाज़े का सिपाही था, मेरे लिए आसानी भी पैदा कर गया। हमीदुद्दीन ने जवाब में कहा :

'बहुत ख़ूब, तो जनाब एक तरह से हमपेशा हैं मेरे।'

'जी वह क्योंकर?'

'मैं भी घुड़सवार सिपाही हूँ, ख़ाने दौराँ अब्दुस्समद ख़ान साहब की ड्योढ़ी पर तैनात हूँ।'

'ड्योढ़ी'—यह शब्द मेरे लिए नया था लेकिन 'ख़ाने दौराँ' से तो मैं ख़ूब वाक़िफ़ था।'

'तो क्या असद ख़ान बिन मुबारक ख़ान अब ख़ाने दौरानी से हट गए?'

'असद ख़ान बिन मुबारक ख़ान? ये खाने दौराँ कब थे, मुझे नहीं मालूम। अब्दुस्समद ख़ान तो फ़िरदौस आरामगाह मुहम्मद शाह बादशाहे ग़ाज़ी के वक़्तों से ख़ाने दौराँ हैं।'

मेरा सर फिर चकराने लगा। मैंने ख़ुद को बहुत काबू में करने की कोशिश करते हुए पूछा :

'तो क्या ख़ुदावन्दे आलम इब्राहीम लोदी अब सुल्ताने देहली नहीं हैं?'

एक शिकन गहरी हमीदुद्दीन के माथे पर आई। वह कुछ समय के बाद बोले :

'आप शायद कुछ भूलते हैं साहेब। इब्राहीम लोदी नाम का बादशाह तो यहाँ कभी नहीं हुआ...हाँ, बाबर बादशाह ने एक सुल्तान इब्राहीम लोदी को शिकस्त देकर मुल्के हिन्द

उससे तलवार के ज़ोर से ले लिया था। इब्राहीम लोदी पानीपत में दफ़्न हैं।'

एक बार मेरी आँखों के सामने फिर गहरा अँधेरा छा गया। इब्राहीम लोदी, मेरे ख़ुदावन्दे आलम, मेरे सुल्तान आली मकाम दफ़्न हैं पानीपत में? और ये शाह व बादशाह का क्या ज़िक्र है? हमारे हाकिम ख़ुद को सुल्तान हमेशा कहते और लिखते थे।

मेरे रंग को बदलता देख हमीदुद्दीन ने कहा :

'जनाब का मिज़ाज अभी भी खफ़ा नज़र आता है। मेरी समझ में तो आप कुछ खा लें और यहीं लेट रहें। क्या फ़रमाया था जनाब ने, फ़ीरोज़शाही सराय? इस नाम की सराय से बन्दा वाक़िफ़ नहीं है। लेकिन एक अरब सराय कुछ फ़ासले पर ख़्वाजा साहब से मिली हुई है। वह मगर अब मुहल्ला रिहाइशी है, सराय नहीं। मुमकिन है वहाँ कुछ मालूम हो जाए। कल वहाँ जाकर देखेंगे।'

'जहाँ हम हैं इस जगह का नाम क्या फ़रमाया था आपने मेरे दिल्ली हमदर्द?'

'जी, यह बदरपुर के बाहरी इलाक़े में खिड़की गाँव है। यहाँ की मस्जिद का ज़िक्र आपने सुना हो शायद।'

खिड़की! मेरा मन बल्लियों उछला, ये जगह तो मेरे ज़माने में शहर से बिलकुल बाहर थी। और लाट फ़ीरोज़शाह की और कोटला फ़ीरोज़शाह का यहाँ से बहुत दूर था। अब मेरा यह बहाना कि मैं राह भूल गया था, और जायज़ मालूम होगा। मगर शुक्र ख़ुदा का कि उस वक़्त की चीज़ें बहुत सी बाक़ी हैं। शायद फ़ीरोज़शाही सराय भी तुगलकाबाद और बदरपुर की सरहद पर अभी बाक़ी हो। मगर मेरे सुल्तान इब्राहीम से लेकर अब तक ज़माना कितना गुज़र चुका है ये कैसे मालूम हो? जब मैं घर से चला था सन् 1520 था, अब किस अटकल से मालूम करूँ कि यह कौन-सा सन

है? अभी चुप ही रहना बेहतर है। मैं ज़ुबान और दिमाग़ पर पूरी तरह क़ाबू रखे रहूँ, इसी में बेहतरी है। कल तक कुछ-न-कुछ खुल जाएगा। क्या मालूम वह सराय भी अब भी वहीं हो?

अल्लाह हमीदुद्दीन का भला करे, उनकी दरख़्वास्त पर मैंने चन्द निवाले खाये और वहीं बाहरी दालान में लेट रहा। मैंने उन्हें राज़ी कर लिया कि कल दिन चढ़ते ही मैं एक घोड़ा किराए पर लेकर देहली चला जाऊँगा (न जाने उस बेचारे घोड़े पर क्या बीती जिसे मैंने क़ब्रिस्तान के बाहर छोड़ा था। कोई ले ही गया होगा। उस सराय वाले को शिकायत रह गई होगी जिससे मैंने घोड़ा किराए पर लिया था)। हमीदुद्दीन को मैंने पूरी तरह यक़ीन दिलाया कि अब मुलाक़ात हो गई है तो इंशाअल्लाह क़ायम रहेगी। मैं कल तनहा ही देहली चला जाऊँगा।

घोड़ा मैंने किराए पर ले तो लिया पर ये शक मुझे खाये जा रहा था कि बेचारे इस बेज़ुबान का भी वही हश्र न हो जो कल वाले घोड़े का हुआ था। मैं जानबूझकर सैयदी मौला साहब के मज़ार और उस क़ब्रिस्तान से होकर गुज़रा जहाँ कल वाला वाक़्या पेश आया था। मज़ार के चारों तरफ़ कुछ आबादी थी, दिखावे में कुछ ख़ानाबदोशों ने कभी वहाँ रिहाइश बनाई थी और वहीं रह पड़े थे। सारी आबादी पर ख़ानाबदोशों की ज़िन्दगी के तरीक़े ज़ाहिर थे। औरतें बेपर्दा, लगभग आधा जिस्म नंगा, ऊँचा लहँगा और उस पर एक हलकी-सी चादर जिसके पीछे बदन साफ़ नज़र आता था। नंगे सर, नंगे पाँव, कानों और नाक में बड़े-बड़े बाले और नथ। घर का सारा कामकाज करती हुईं। मर्द चारपाई पर ऐंड़ते हुए और किसी किस्म की नलकी को एक बन्द प्याले में डाले हुए नलकी को मुँह में लेकर गुड़गुड़ाते और धुआँ छोड़ते हुए, तौबा कैसी गन्दी हरकत थी। मगर सामने के क़ब्रिस्तान में कोई क़ब्र, कोई मज़ार, कोई मज़ार की देखभाल करनेवाला न था। मेरा दिल काँप उठा। कल मैं यहीं था। यह कौन सी जगह है मेरे अल्लाह? क्या अमीर जान नामी कोई थी भी कि नहीं? क्या ख़ुद मैं हूँ कि नहीं? क्या मैं कोई भूत या आवारा बेघरबार आत्मा हूँ? मगर हम मुसलमानों को भूत पर विश्वास है न आवारा आत्माओं पर। हमारा विश्वास क़ब्र पर, सज़ा पर,

जन्नत और जहन्नुम पर है और हश्र (वह जगह जहाँ मरने के बाद सारे लोग फिर ज़िन्दा उठाए जाएँगे) पर है। हम में से कोई कभी भूत-प्रेत, शैतान, बुरी आत्मा नहीं बनता। लाहौल विला क़ुव्वत, अल्लाह मुझे माफ़ करे। इस वक़्त जो हो रहा है, शायद किसी बुज़ुर्ग का बुरा असर है। मुझे सब्र करना और हालात के खुलने का उम्मीदवार रहना चाहिए।

गयासपुर, सीरी कीलोखेड़ी, ये सब बड़ी हद तक सुनसान दिखाई दिए। सुल्तान जी की दरगाह के ज़रा आगे भूरे शाह साहब के मज़ार के क़रीब लेकिन एक तरफ़ को हटी हुई मैंने एक बेहद बुलन्द और दिलकश इमारत देखी। संगमरमर और लाल पत्थर से बनी हुई, उसका गुम्बद कुछ बिलकुल नई बनावट का था। ज़रा-सा प्याज़ की शक्ल का, लेकिन डीलडौल से इतनी मुनासिब और मौज़ूँ कि बस। चूँकि वह इमारत ज़रा ऊँची जगह पर थी, इसलिए दूर से भी मुझे दिखाई दे गई। कई मंज़िलें और चौमुखी दालान थे। बहुत ऊँची कुर्सी और हर तरफ़ बड़े और ख़ूबसूरत बाग। सारे में अजब ठंडक और ताज़गी बरस रही थी। यह कोई क़िला या महल तो हो नहीं सकता था, किसी का मज़ार ही होगा, मगर मज़ारों के चारों तरफ़ ऐसे बाग कहाँ होते हैं। ख़ुशनसीब है वह शख़्स जिसने ऐसी औलाद पैदा की। मुझे बाद में मालूम हुआ कि वह मक़बरा पहले मुगल बादशाह ज़हीरुद्दीन मुहम्मद बाबर के बेटे हुमायूँ का था और उसके कई पूर्वज भी वहीं दफ़्न हैं।

बीवी फ़ातिमा साम के मज़ार से मैंने घोड़ा दाईं तरफ़ बढ़ाया। ज़्यादातर वही बेरौनक़ी की हालत थी जो पहले देख आया था। हालाँकि मेरे ज़माने में वह शान पुराने शहरों की न थी जो उस वक़्त रही होगी जबकि उनके सुल्तानों ने उनकी बुनियाद डाली थी। इसलिए आज जैसा रेगिस्तानी माहौल न था। अब तो ऐसा लगता था कि जंगल धीरे-धीरे कर अपने पिछले सामान वापस ले आया हो। मटका शाह साहब के मज़ार पर प्याऊ ज़रूर वैसा ही था जैसा उन वक़्तों में था मगर उसके चारों तरफ़ जो आबादियाँ उस वक़्त थीं अब बहुत छितरा गई थीं। शायद ख़्वाज़ा साहब को जानेवालों ने ये राह छोड़कर कोई नई राह बना ली थी। मगर पुराने

क़िले से गुज़रते वक़्त मैं बेअख़्तियार रो दिया। क़िला मुबारक का बड़ा हिस्सा खंडहर हो गया था। वह बाम्बे-आली जहाँ हाज़िरी के वक़्त शाहों और बड़े-बड़े फ़ौजी ओहदेदारों और राजाओं के क़दम लड़खड़ाते थे, जहाँ उन्हें पाँच सौ क़दम पहले ही सवारी छोड़कर पैदल होना पड़ता था, जहाँ से वे फ़रमान जारी होते थे जिनके दबदबे से मुक़्तदा (सत्ता प्राप्त) लोगों की हवेलियों में दरारें पड़ जाती थीं। अब चन्द झोंपड़ियों से दबा हुआ पड़ा था। जहाँ महल थे वहाँ खुला मैदान और ऊँचे-नीचे टीले थे। घास हर तरफ़ उग रही थी। ऊँची घास में कभी-कभी कोई ख़रगोश, कोई लोमड़ी, कोई चीतल झलक पड़ता और ग़ायब हो जाता और देखनेवाले को शक रहता कि वे जानवर उसने वाक़ई देखे भी थे कि उसकी ख़याल की आँख ने उसे भरमाया था।

मैं देर तक खड़ा आँसू बहाता रहा, अरबी शाइरों की तरह जो अपने क़सीदों में ज़िक्र करते हैं दोबारा गुज़रने का उन रेगिस्तानी ख़ेमों पर से जहाँ उनके माशूक़ ने कभी रात गुजारी थी। और अब वहाँ एक-दो अधजली लकड़ियों, टूटी हुई ख़ेमे की रस्सियों, हवा में फटफटाते हुए फटे हुए और मौसम की मार झेले हुए ख़ेमों के फटे हुए पर्दों के सिवा अब कुछ न था। हाय-हाय इनसान की बुनियादें कितनी कमज़ोर हैं।

अब मुझे यक़ीन आने लगा था कि मेरे सुल्तान, मेरे मेहरबान, मेरे आक़ा अब मुल्के हिन्दुस्तान के मालिक न थे। अब वे कहाँ थे, शायद क़ब्रों में आराम करना भी उन्हें नसीब हुआ कि नहीं। मेरे सामने ख़ुदा वन्दे आलम सुल्तान इब्राहीम लोदी अपने अज़ीमुश्शान बाप का मक़बरा मुकम्मल करने का हुक्म सादिर फ़रमा चुके थे। काम भी शुरू हो गया था। यहीं कहीं सुल्तान जी की दरगाह जन्नत निगाहें से पश्चिम को गुड़गाँव की तरफ़ जो रास्ता जाता था, उस पर कोई डेढ़ मील की दूरी पर वे मक़बरे बन रहे थे। लेकिन अब तो ख़ुद सुल्तान इब्राहीम का मज़ार दूर पानीपत में कहीं था। न मालूम लोदियों के मज़ारात पूरे हो भी सके थे या नहीं।

पुराने क़िले के आगे आबादी बढ़नी शुरू हुई। फ़ीरोज़शाह के कोटले तक आइए तो शहर का सा माहौल बनने लगता था। लेकिन ख़ुद कोटला

पर कुछ न था। बस वही लाट जिसे सुल्तान मरहूम ने किस जतन से और किस मुश्किल तरकीब से काम लेते हुए दूर पंजाब से उठवाकर यहाँ लगवाया था, यूँ ही अपने ऊँचे चबूतरे पर फ़ख़्र और वक़ार (गरिमा) के साथ सर उठाए खड़ी थी। अब चारों तरफ़ कोटला में आबादी और भी ज़्यादा हो गई थी लेकिन ख़ुद कोटला सुनसान पड़ा था। मैंने कोटले से कुछ आगे निकलकर घोड़े को दाईं जानिब दरिया की तरफ़ मोड़ा कि फ़ीरोज़ाबाद इसी तरफ़ था।

आबादी के नाम पर तो वहाँ कुछ न था, चन्द झोंपड़े मछेरों और मल्लाहों के थे। दरिया भी अब ज़रा दूर चला गया था और गाँव से दिखाई न देता था। अमीर जान की हवेली बेवजह थी, हाँ एक खंडहर-सा ज़रूर आबादी के सिरे पर था, उसे ही हवेली या हवेली का मातमदार कह लें तो कह लें। अब मेरा शक और भी पुख़्ता हो गया कि वे ज़माने अब कहीं बहुत पीछे छूट गए। मैंने अपनी मियानी की थैली को टटोला तो वह जस की तस मौजूद थी, हामिला (गर्भवती) औरत की तरह सिक्कों से बोझिल और मेरी कमर से लिपटी हुई, जैसे उसे भी ख़ौफ़ हो कि मैं कहीं चला जाऊँगा और वह दुनिया में अकेली रह जाएगी। ज़माने थे ज़रूर, नहीं तो ये सिक्के मेरे पास कहाँ से आते?

मैंने घोड़े को दरिया से मिली हुई बाईं तरफ़ की उत्तर की दिशा में मोड़ा कि उधर आबादी बहुत ज़रूर आती थी। हर तरफ़ सवारियों की रेलपेल, बैलगाड़ियाँ, रथ, दोपहिए और एक घोड़े वाली खुली हुई गाड़ियाँ जिनमें एक या दो या तीन मुसाफ़िर पाँव फैलाकर आराम से सफ़र कर रहे थे। ये सवारियाँ मेरे वक़्त में न थीं इसलिए मुझे बहुत दिलचस्प और अनोखी लगीं। किसी ने उसी वक़्त पुकारा, 'ओ मियाँ ताँगे वाले, ओ भाई ताँगे वाले होत!' तो उस गाड़ी को हाँकनेवाले ने मुड़कर देखा और रुक गया। उससे मैंने जाना कि इसे 'ताँगा' कहते हैं। अजीब बदसूरत लेकिन दिखने में आरामदेह सवारी थी। पालकियाँ, सजी हुई डोलियाँ, हाथी, ऊँट क्या नहीं था जो इस बाज़ार में चल न रहा था और जिसकी दिशा में मैं भी चल रहा था। ताँगे की तरह सवारियों के सम्बन्ध में एक

नई चीज़ और दिखाई पड़ी कि जिसका नाम बाद में मालूम हुआ कि वह नाल्की था। नाल्की क्या था, लकड़ी का एक दस्तकारी से सज़ा हुआ रंगीन और सँवरा हुआ ऊँचा गुम्बद था जिसके दरवाज़े के ऊपर एक और भी ऊँचा छज्जा था कि अन्दर बैठनेवाले का धूप से बचाव रहे और अगर पर्दा उठा दिया जाए तो हवा भी मिलती रहे। और अगर बारिश हो तो छींटे अन्दर न आएँ।

जिस बाज़ार की तरफ़ उन सवारों और सवारियों और पैदल चलनेवालों को मैं चलते देख रहा था, उसके बारे में मुझे ख़याल-सा था कि जो चमकदार बाज़ार मैंने अमीर जान...अमीर जान...या जो भी वह हस्ती थी, उनके मक़बरे में देखा था, वह इस मौजूदा बाज़ार से कुछ-कुछ मिलता-जुलता था। मगर मैंने उधर का रुख़ न किया और दरिया का किनारा लगभग थामकर उत्तर की दिशा में चलता गया कि उधर भीड़ कम थी। बाज़ारियों में चाहे वे अमरद-परस्त (समलैंगिक) बेफ़िकरे रहे हों, या दस्तकार या शरीफ़ लोग मैंने सबको हथियारबन्द देखा। शायद उन दिनों जनता में जंग लड़ने का शौक बढ़ा हुआ था। या शायद लोग उस ज़माने में ख़ुद को कम महफ़ूज समझते थे। मुझे यह भी शक था कि कहीं भीड़ में अगर किसी से टकरा गया या घोड़े की टाप किसी को लग गई तो न चाहते हुए भी झगड़ा हो सकता था। मैं अजनबी और बेसहारा, बेघर मुसाफ़िर ऐसे किसी जंजाल के लिए तैयार न था।

उत्तर में ज़रा आगे ही मैं गया था कि एक निहायत दिलकश मस्जिद नज़र आई। इस शहर में मस्जिद और मज़ार बहुत ज़्यादा थे। हम लोगों के ज़माने में ऐसा न था। मस्ज़िद के दो मीनारे कलम के भालों की मानिन्द छरेरे और बहुत ही ऊँचे थे। मस्जिद से बिलकुल मिली हुई एक सराय भी थी। सराय के दरवाज़े पर ऊँट, घोड़े, पालकियाँ, खोंचे वाले इस तरह के बहुत से लोग दिखाई दे रहे थे। यानी ये सिरा अब तक आबाद था और मैं यहाँ ठहर सकता था।

मैं मस्जिद की इमारत की तरफ़ खिंचता चला गया। सदर दरवाज़े पर जो कतबा था उसके मुताबिक़ उस मस्जिद का नाम ज़ीनतुल मसाजिद

था और उसे मोहिउद्दीन औरंगज़ेब आलमगीर बादशाह ग़ाज़ी की बेटी ज़ीनतुन्निसा बेगम ने शायद...1707 ई. में बनवाया था। मैंने आँखों को ख़ूब रगड़कर साफ़ किया फिर हर तरह से ग़ौर करके देखा तो वही 1191 हिजरी नज़र आई। वल्लाह ऐसा असरार मुझ पर नाज़िल हो, ये नहीं हो सकता। अरे साहब, जब मैं नंगल ख़ुर्द से चला था तो सन् 1520 था, मुझे अच्छी तरह याद है और सुल्तान इब्राहीम लोदी को हुकूमत करते चार साल हो रहे थे। तो क्या ये मस्जिद उसके कोई दो सौ साल बाद बनी थी? तो क्या वाक़ई इब्राहीम लोदी ही नहीं और भी बहुत कुछ मेरे नंगल ख़ुर्द छोड़ने से लेकर अब तक हो चुका था?

मैं लड़खड़ाते हुए क़दमों से अन्दर गया। मस्जिद के बरामदे में एक तरफ़ किसी का मज़ार था। मैंने क़रीब जाकर कतबा देखा तो मालूम हुआ कि ये उसी शहज़ादी ज़ीनतुन्निसा बेगम का मज़ार है। वह 1710 में ख़ुदा से जा मिली थी। इस वक़्त भला कुछ नहीं तो सन् 1730 होगा। शायद और भी ज़्यादा हो। शायद ये मुहम्मद शाह बादशाह जिनका नाम हमीदुद्दीन ने लिया था बारहवीं सदी में नहीं, तेरहवी हिजरी में हों।

मैंने जूते उतारे, हौज़ पर जाकर वुज़ू किया और सज्दे में जाकर अल्लाह के हुज़ूर में ध्यान करके गिड़गिड़ाकर कहने लगा कि तू सारे जहानों का अल्लाह है, तू सब कुछ जानता है और सब कुछ देखता है, 'तू रहम करनेवाला है और तू ही रहम करता है, अपने प्यारे (पैग़म्बर मुहम्मद) के सदक़े, उनकी प्यारी बेटी बीवी फ़ातिमा के सदक़े मुझे इस मुश्किल से नजात दिला दे। मेरे अल्लाह, मेरी ब्याही बीवी का, मेरे बेटे का क्या हाल हुआ होगा, मेरी माँ पर क्या गुज़री होगी। अगे तेरी मर्ज़ी नहीं है तो मुझे उनसे न मिला, लेकिन मुझे यहाँ से उठा ले।'

मैं रोते-रोते निढाल हो गया। इस दौरान कई लोग मेरे पास से गुज़रे लेकिन शायद किसी को मुझसे मेरा हाल पूछने का यारा न हुआ। एक अच्छी-ख़ासी उम्र के रोते-बिलखते मर्द से कौन कुछ पूछने की हिम्मत करता। भले लोग डर गए होंगे कि ख़ुदा जाने ये बादशाह का सताया हुआ है या अल्लाह के ग़ज़ब का शिकार हुआ है।

जब मेरे आँसू थमे तो दिल मेरा मुझे कुछ हलका लगा, ख़ुदा जाने कितनी दहाइयों बल्कि सदियों के बाद आज मैं रोया था। मैंने हौज़ पर जाकर फिर से वुज़ू किया और दो रका'त नमाज़ पढ़कर अल्लाह से फिर दुआ माँगी कि मुझे सही रास्ता मिले, मेरा ख़ौफ़ कम हो, मुझे मेरे घर-बार की ख़बर मिले। मगर दो-ढाई सौ बरस के बाद मेरा घर-बार कहाँ रह गया होगा? न सही। मुझे पता तो लगे कि अब वहाँ क्या है, कौन है, कुछ है भी नहीं? अल्लाह मेरा जानता है मैंने कुछ ऐसा गुनाह नहीं किया था कि जिसकी सज़ा मुझे यूँ मिलती और मुसलसल मिलती...अब के बाद मैं क्या करूँ... मुझे एक तरह से नई ज़िन्दगी मिली थी। मैं इस नई ज़िन्दगी को गुज़ारने के लिए क्या तरीक़ा अख़्तियार करूँ...फ़क़ीरी ले लूँ कि फिर से घर-गृहस्थी जमाऊँ। हालाँकि अब मेरी उम्र ढाई सौ बरस से ऊपर थी लेकिन जिस्म की ताक़त में कमी हरगिज़ न थी। या अगर थी भी तो इतनी थी जितनी किसी बूढ़े होते हुए मर्द के हाथ-पाँव में होती है।

पहले तो मुझे इबादत में उतनी ही दिलचस्पी थी जितनी किसी सिपाहीपेशा को होती है। कभी-कभी औलिया-ए-अल्लाह के दरबार में ज़रूर हाज़िर हो जाया करता था वर्ना नमाज़े जुमा का भी इन्तज़ाम कुछ-न-कुछ करता था। लेकिन इस वक़्त नमाज़ और दुआ से मेरा दिल कुछ हलका तो हुआ ही था, मगर शायद उन पाक शहज़ादी की नीयतों और नेक कामों की बरकत थी कि अल्लाह तआला ने मेरे दिल में कई इरादे डाल दिए। जिनको ताक़त से अमल में लाकर मेरी अगली ज़िन्दगी का कुछ नक़्शा तैयार हो सकता था। सबसे पहले तो मैंने ज़ीनतुन्निसा बेगम की सराय पर जाकर भठियारिन और उसके मर्द के सामने ख़ुद को मुल्के सिन्ध से आया हुआ मुसाफ़िर ज़ाहिर किया और बताया कि मैं तलाशे रोज़गार में देहली आया हूँ। जब तक कोई सूरत नौकरी की न निकले, मैं सराय ही में रहूँगा। उन्होंने मेरा नाम तो पूछा लेकिन जहाँ से आया था वहाँ की जानकारी और मेरी जायदाद के बारे में कुछ न पूछा। मैंने ख़ुद ही बता दिया कि देहली से बाहर वज़ीराबाद पर नहर के पास मैं लुट गया था और पिछली रात मैंने एक दोस्त के यहाँ खिड़की गाँव में गुज़ारी थी। इसके आगे मैंने कुछ न

कहा और न ही भटियारी ने मेरी जानकारी लिखवाने के इन्दिराज में कोई जल्दबाज़ी ज़ाहिर की।

मैंने किराया पूछा तो मालूम हुआ कि डेढ़ पैसे रोज़ के हिसाब से मैं कई दिन रुक सकता हूँ। खाना जो चाहिए होगा पका दिया जाएगा। उसकी क़ीमत अलग से देनी होगी। सराय से कुछ दूरी पर दरियागंज में कई हम्माम थे। वहाँ नहाने और पाक होने का इन्तज़ाम था।

मेरे पास मक़ामी-सिक्कए राएजुल वक़्त (स्थानीय मुद्रा) तो थी नहीं। जब मैंने अपने छदाम भटियारी को दिखाए तो वह ख़ौफज़दा होकर बोली कि मियाँ साहब ये जिन्नाती सिक्के कहाँ से लाए, मैंने बहुतेरी कोशिश उसे समझाने की कि जहाँ से मैं आया हूँ वहाँ यही सिक्के चलते हैं। लेकिन जब मैंने ज़्यादा ज़ोर देकर इसी बात को कहना चाहा तो उसके चेहरे पर शक के भाव पैदा हुए। शायद उसे ख़याल आया हो कि मैं कोई डकैत था और मुझे किसी पुरानी हवेली में गड़ा खज़ाना हाथ लग गया था।

> 'मियाँ साहब मेरी मानो तो इन पैसों को कोतवाली में ले जाकर दिखाओ। वे पहचानेंगे कि ये क्या माल है और इसकी क़ीमत क्या है। मुझे तो बिलकुल दरकार नहीं।'

उसकी आवाज़ कुछ तेज़ होती देखकर भठियारे ने भी हमारी तरफ़ ध्यान दिया कि एक-दो मुसाफ़िरों को तजस्सुस (जिज्ञासा) हुई कि यहाँ क्या हो रहा है। देहली वाले मेरे ज़माने में भी झगड़े-तमाशे पर मजमा लगाने के बहुत शौक़ीन थे। अब शायद वह शौक़ और भी बढ़ गया था। इसके पहले कि मैं किसी भीड़ के ध्यान में आ जाता, मैंने अपने गले का कंठा उतारकर भठियारिन को दे दिया। इसमें कुछ दाने चाँदी के और एक दाना सोने का था। एकाध दाना शायद मूँगे का भी रहा हो, बाक़ी रंगीन शीशों के थे। मैंने कहा :

> 'नेक बख़्त, इतना कि मैं बाज़ार जाकर अपना काम ढूँढ़ूँ, तू ये रख ले और एक कोठरी पर ताला मेरे नाम का डाल दे। बाक़ी हिसाब होता रहेगा।'

भठियारिन का मिज़ाज कुछ ठंडा पड़ा और मैं अपनी दादी को दुआएँ देता हुआ कि हार ये उन्हीं मरहूम का था और मेरे बाप ने मुझे मेरी शादी पर पहनाया था, सराय के बाहर आ गया और उसी रास्ते पर चल पड़ा जिस पर मैंने सवारों और पैदलों को चलते देखा था। फिर एक बहुत ऊँचा और भारी दरवाज़े का ढाँचा, जैसा किसी क़िले के लिए मुनासिब होता। दोनों तरफ़ ऊँची चारदीवारी, लेकिन ज़ीनतुल मसाजिद की तरफ़ से आने-जानेवालों पर कोई रोक टोक न थी। दरवाज़ा देहली दरवाज़े के नाम से मशहूर था मगर अब बहुत से लोग देहली के बजाय दिल्ली कहने लगे थे। वजह इसकी मालूम न हुई पर बाद में मैंने सुना कि यहाँ के एक शाइर बक़ा साहब ने एक और शाइर साहब जिनका नाम मीर था, हज्व (वह शाइरी जो किसी की बुराई करने के लिए लिखी जाए) में उनकी कहा था :

पगड़ी अपनी सँभालिएगा मीर और बस्ती नहीं ये दिल्ली है

मुझे तो देहली की जगह दिल्ली नाम बिलकुल पसन्द न आया। हमारे ज़माने में लोग आम तौर पर कहते थे देहली जन्नत की दहलीज़ है। कई गँवार लोग और भी अच्छा कहते कि देहली जन्नत की देहरी। लफ़्ज़ देहरी दहलीज़ के मानी में शायद इलाक़ा-ए-बिहार से यहाँ आया था कि दकन से, मगर लोग बोलते ज़रूर थे। बाज़ार का नाम मालूम हुआ कि दरियागंज है। मस्जिदों के अलावा भी यहाँ लोगों की आव-जाव के सामान बहुत थे। एक बात मैंने ये देखी कि इस शहर में अब तिजारत और सामान इतने ज़्यादा हो गए थे जिसका हमारे वक़्तों में तसव्वुर भी मुश्किल था। हर जगह हर तरह का सामान ख़रीदार की आँखों का ध्यान खींचता था। कहते थे दुनिया का हर सामान दरियागंज में ले लो और वहाँ अगर न मिले तो चार क़दम आगे चलकर जाओ, चाँदनी चौक में मिलेगा ही मिलेगा। क्या चीज़ थी जिसके ख़रीदार यहाँ न थे और जिसके ख़रीदार भी यहाँ न थे उनमें से कई तो ग्राहकों का ध्यान खींचने के लिए आवाज़ लगा-लगाकर पुकारते थे और कई ने अपने नौकर बाहर खड़े कर रखे थे जो हर आने-जानेवाले,

यहाँ तक कि पालकी सवारों को भी रोकने की कोशिश करके बताते कि उनके यहाँ कौन-सा माल मिलता है। हर तरह के दुकानदार ने अपने माल के मुताबिक़ दिलचस्प आवाज़ें बना रखी थीं। मिसाल के तौर पर सूई-धागे पेचक वाले यूँ पुकारते थे :

'ऐ मियाँ ये इसफ़हान की सूइयाँ हैं, आँखों में खबतियाँ हैं!'

'ऐ साहब ये लो ढाके वाली मलमल का धागा, जिसको चाहो कच्चे धागे में बँधा लो। चाहो कुर्ता-शलवार सिलवा लो!'

'भाई मियाँ, ज़रा देखते जाइयो ये मुल्के यमन के रेशमी धागे हैं, इनसे बनते हज़रते सुलेमान के रागे हैं!'

'ऐ जी साहब, इन सूइयों में तलवारों का लोया है, इनसे हमने मोतियों को पिरोया है!'

अजब मज़े का माहौल था। भाँत-भाँत की बोलियाँ बोलनेवाले व्यापारी भी और रंग-रंग के पहनावे, शक्ल-ओ-सूरत वाले ख़रीदार भी। सबसे बड़ी बात ये कि सर्राफ़ यहाँ बेशुमार थे, क़दम-क़दम पर उनकी दुकानें, और कई तो यूँ ही रास्ते में ही दरी बिछाकर अपने तमाम सामान की नुमाइश करते थे। मैंने जगह-जगह रुक कर बग़ौर लेकिन ख़ुद को ज़ाहिर किए बग़ैर देखा कि माल क्या है और गाहक कैसे हैं, तो मालूम हुआ कि सर्राफ़ों का अजब आलम है। उनके पास हर तरह का और हर मुल्क का सिक्का जो चलता है मौजूद था। ईराक के दीनार से लेकर ईरान का तमन और रोम का रियाल और मुल्के फ़िरंग का फ्राँक और पीसो और पौंड, सब मौजूद थे। गाहक भी चीन व तुर्किस्तान से लेकर दकन व रोम व फ़िरंग के थे। जिसके पास जो था उसे ख़रीद रहा था या बेच रहा था। मैंने देखा कि गाहक हो या बेचनेवाला हो, किसी से कोई कुछ पूछता न था। लेकिन मेरे सिक्कों जैसे पुराने सिक्कों का लेनेवाला या बेचनेवाला दिखाई न देता था।

मैंने हिम्मत कड़ी करके एक ऐसे सर्राफ़ की तरफ़ रुख़ किया जिसके यहाँ बहुत भीड़ न थी। मैंने डरते-डरते अस्सलाम अलैकुम कहा। उसने मुस्कराकर और गर्मजोशी से कहा :

'वअलैकुम अस्सलाम मियाँ जी साहब, कहिए क्या ख़िदमत करूँ?'

शायद मेरे लहजे और मेरे पहनावे से वह मुझे ग़ैर मुल्की समझा था, क्योंकि हिन्दी में जवाब उसने ठहर-ठहर दिया था। मैंने भी तुक पहचान लिया कि वह मुझे यहाँ का नहीं समझता। एक तनका जो कि मैंने पहले ही मियानी से निकालकर शलूके की जेब में डाल रखा था, मैंने उसे निकाला और अपनी हथेली पर रखकर उसे दिखाया और कहा :

'ई हा राचा बहामी आग़ा' (आका, आप इनकी क्या कीमत देंगे)?

सर्राफ ने झुककर तनके को बड़े गौर से देखा। फिर बोला :

'मी तवानम कि मन बर ई मसकूक अंगुश्त नहुम आग़ा व दरदस्त मन गीरम?' (आका, मैं चाहता हूँ कि इस सिक्के पर उँगली रखूँ और इसे अपने हाथ में लेकर देखूँ)।

मैंने कुछ सोचकर कहा :

'दुरुस्त।'

सर्राफ़ ने वह तनका मेरे हाथ से लेकर उँगलियों से रगड़ा, उलटा पलटा, एक और चाँदी के सिक्के से टकराकर खनकाया, फिर बोला :

'आगा ई मसकूक रा अज़ कुजा आवुरदह बाशीद?' (आका, ये सिक्का आप कहाँ से लाए हैं)?

मजबूरी में मैंने वही कहानी सुनाई कि मुल्के सिन्ध से आया हूँ। वहाँ ये सिक्का चाँदी के मानक एक तोला वाले मिस्त्री दिरहम के बराबर गिना जाता है।

उसकी फ़ारसी मुझे बिलकुल समझ में आती थी, लेकिन मेरा फ़ारसी लहजा शायद उसे कुछ भारी पड़ रहा था। मेरी हिन्दी बहुत अलग थी, लेकिन हिन्दी बोलने का अभ्यास ज़रूर था। बाक़ी गुफ्तगू में वह ज़्यादातर फ़ारसी और मैं ज़्यादातर हिन्दी बोला। हासिल ये हुआ कि पास-पड़ोस के बड़े सर्राफ़ों से पूछकर और मशविरा करके फ़ैसला हुआ कि एक तनके के बदले ढाई रुपये देहलवी मिलेंगे। अगर तनके ज़्यादा हों और एक साथ बेचें तो कुछ ज़्यादा मिल सकेंगे।

मैंने कहा कि मैं पाँच तनके बदलाऊँगा, फ़िलहाल ये एक बदल लिया जाए। फिर मैंने वे कुछ छदाम निकालने चाहे जो मैंने बहादुरगढ़ में भुनाए थे और वे बहलोली जो अभी मेरे पास थे। लेकिन मेरा दिल अचानक दर्द से भर गया। आह, क्या वे दिन वाक़ई थे, या अब ये दिन वाक़ई हैं, क्या बहादुरगढ़ की वह सराय अब भी होगी, क्या बहादुरगढ़ ही अभी होगा? मैंने ख़याल किया कि ये सिक्के बतौर यादगार रख लूँ, मगर किसकी यादगार, और वे किसके मतलब के होंगे, इन सवालों का जवाब मेरे पास न था। जैसे कोई बूढ़ा अपने बचपन के ज़माने का कोई खिलौना या अपनी टोपी या अभ्यास की तख़्ती कहीं से पा जाए और उसका दिल उस ज़माने की खट्टी-मीठी यादों से भर जाए और उसकी आँखों में आँसू जारी हो जाएँ। उसका दिल बेइन्तहा चाहे कि मैं इस यादगार को रख लूँ, मगर क्यों और किसके लिए, यह उसकी समझ में न आता हो।

बाज़ार में घूमते-फिरते, लोगों की बातें सुनते और कभी-कभी ख़ुद भी एक-दो सवाल मासूमियत के साथ पूछ लेने से कई बातें मुझ पर रौशन हुईं।

इस वक़्त के बादशाह का नाम वाक़ई अहमद शाह था। यह उसके सन-ए-जुलूस का दूसरा साल था। ये लोग सन-ए-हिज़री और सन-ए-हिन्दी के साथ सन-ए-जुलूस भी गिनते थे, यानी बादशाहे मौजूदा को हुकूमत करते कितने बरस गुज़रे। बादशाही काग़ज़ों और हुक्मनामों में और रस्मी मौक़ों पर सन-ए-जुलूस दर्ज करने या उसका एलान करने की रस्म थी।

ये बादशाह ख़ानदान मुग़लिया के थे और इसकी बुनियाद डालनेवाला ज़हीरुद्दीन मुहम्मद बाबर है जो काबुल में दफ़्न है और जिसने इब्राहिम लोदी से सल्तनत छीनी थी।

सन-ए-हिजरी के हिसाब से ये साल 1164 है। इस तरह मैंने अमीर जान के मज़ार के अन्दर ढाई घंटे नहीं, कोई ढाई सौ बरस गुज़ारे थे।

इन बादशाहों पर कई साल से बुरा वक़्त था, फिर भी हाथी लाख लुटेगा तो सवा लाख का होगा के एतबार से अभी देहली की बादशाहत का सिक्का हर जगह चलता था।

अब मैं आहिस्ता-आहिस्ता इस सदमे और झटके और जान की कमज़ोरी से बाहर आ रहा था, जिसका शिकार मैं उस वक़्त से था जब मैं अमीर जान के मज़ार से बाहर आया था। अब मुझे इस बात की ज़्यादा फ़िक्र न थी कि अमीर जान का मज़ार कोई वास्तविक जगह था, जिसमें मुझे वह सब कुछ अजीबोग़रीब देखने को मिले थे। इतना तो मुझे पक्का यक़ीन था कि मैं था। मैं गुल मुहम्मद सुल्तान सिकन्दर इब्ने सुल्तान सिकन्दर लोदी की फौज में खाने दौरों के दामन से लगा सिपाही नौकर पेशा था। अमीर जान से क़र्ज़ साढ़े तीन सौ तनके मैंने अपनी ज़रूरत से लिये थे। मैंने अपनी बेटी की शादी उसी क़र्ज़ की रक़म से की थी। इसमें भी कोई शक न था। जब उसकी मौत हुई थी तो साल 1517 था। जब मैंने आख़िरी बार अपना वतन छोड़ा वह साल 1520 था।

इस दरमियान, मैं या तो मर चुका था, या कहीं पड़ा हुआ कोई ख़्वाब देख रहा था। अगर मर गया था तो फिर मैं यहाँ ज़िन्दा लोगों की तरह, और पिछली यादों के साथ क्यों मौजूद था? क्या इसी का नाम बरज़ख़ है, यानी जिस शहर से मैं पूरी तरह मानूस था, उसी शहर में लेकिन किसी नामानूस ज़माने में डाल दिया जाऊँ? मगर इससे अल्लाह की कौन सी मसलेहत, कौन सी मर्ज़ी पूरी होती थी? क्या अल्लाह तआला को मुझसे काम कोई लेना है? क्या मेरी तक़दीर एक सिर्फ़ सिपाही की तक़दीर नहीं है? या ऐसा है तो अभी पर्दा असरार से उठेगा। शायद मुझे कुछ इस असरार का ज्ञान होगा। क़ुदरत के खेल निराले हैं। इन मामलों

में मुझे क्या, किसी को दख़ल देने या दम मारने की जुर्रत नहीं हो सकती। मुझे सब्र से इन्तज़ार करना चाहिए।

या मैं मर ज़रूर गया हूँ लेकिन मलकुलमौत (यमदूत) की किसी गलती से मेरी रूह रास्ते ही में कही मलकुलमौत के चंगुल से छूट गई और फिर फ़रिश्तों ने मुझे यूँ ही भटका हुआ देखकर वापस मेरे शहर में डाल दिया। क्या ऐसा होता है? यहाँ इन दिनों एक से बढ़कर एक मुकम्मल फ़क़ीर और ख़ुदा से मिलनेवाला मौजूद है। अभी बाज़ार ही में एक साहब किसी शाह वली उल्लाह साहब और उनके मदरसे का ज़िक्र कर रहे थे। ये बेयक़ीनी और दिमाग़ी हलचल की आँधियाँ रुकें, मेरे पाँव कहीं ठहरें, तो मैं सोच-समझकर उनसे या किसी और बुज़ुर्ग से दरयाफ़्त करूँ।

अच्छा, अगर मैं कोई ख़्वाब देख रहा हूँ तो क्या ऐसा भी होता है कि ख़्वाब दो-ढाई सौ बरस बाद शुरू हो? अपने हिसाबों तो मैं हद से हद पाँच दिन पहले अपने पूर्वजों के गाँव में था। अब ढाई सदियाँ सोते-सोते फलांग गया हूँ। वाह, क्या ख़ूब कही। आख़िर कितना लम्बा ख़्वाब है ये। और क्या ख़्वाबों में दिन-रात की गिनती भी होती है? मैं तो बख़ूबी गिन सकता हूँ कि मैं खिड़की गाँव में कब था और यहाँ इस सराय ज़ीनतुन्निसा बेगम में कब आया। और मैं सोया कब था? मैं तो सारे वक़्त जागता रहा था।

फिर...ऐसा तो नहीं कि मैं मर तो चुका हूँ मगर कोई मुझे ख़्वाब में देख रहा है और मैं भी वही ख़्वाब देख रहा हूँ...यानी कोई देख रहा है कि मैं मर गया, लेकिन उसके ख़्वाब में कहीं मैं मौजूद हूँ या उसने मुझे अपने ख़्वाब में ज़िन्दा करके मुझे भी इस ख़्वाब का एक शख़्स बना दिया है। अब लगता है कि मैं सब कुछ देख रहा हूँ, काम कर रहा हूँ, घुड़सवारी कर रहा हूँ, अमीर जान...मगर अमीर जान तो कोई थी, नहीं... ग़लत, सरासर ग़लत। अमीर जान थी। मेरी बेटी एक थी और अब भी है। मैं उसे ब्याही और गोद में एक प्यारा-सा बच्चा खिलाते छोड़ आया हूँ। तो फिर अमीर जान अगर थी तो उनकी मौत भी थी और उनकी मौत

थी तो उनका मज़ार भी था और अगर मज़ार था तो वह सब वाक़यात... नहीं, ये क्या झूठ और तबाही भरा बयान है। असलियत यही है कि मुझे दो-ढाई सदियों के पार यहाँ ला बिठाया गया है। मगर क्यों? कहा न कि ख़ुदा की बातें ख़ुदा ही जाने। किसी को इन बातों में दम मारने का यारा नहीं। तो क्या ये और लोगों के साथ भी हुआ है या होता है? होता होगा। तुम्हें क्या ख़बर ये लोग जिनके जिस्म से मेरा जिस्म मिल रहा है उनमें से कितने इस ज़माने के हैं और कितने तुम्हारे ज़माने के या तुम्हारे भी ज़माने के पहले के हैं?

अल्फ़ लैला मैंने नहीं लिखी, पढ़ी भी बहुत नहीं। इस तरह की ख़ुराफ़ात में मेरा दिल लगता नहीं है। लेकिन वहाँ भी तो सुना है शीशे के अन्दर से जिन हज़ारों हज़ार साल बाद निकल आते हैं। क्या मालूम मैं भी कोई जिन हूँ। जब मैं उस क़ब्र में दाख़िल हुआ तो गुल मोहम्मद सिपाही था, जब बाहर आया...जब बाहर आया...तो जिन था। नहीं। ज़रा ठहरो। तुम्हें कैसे मालूम कि तुम बाहर वापस आ गए हो? क्या ये नहीं हो सकता कि जिस दुनिया में तुमने वह रक़्क़ासा देखी, जिस कोठे से तुमने क़ुतुब साहब की लाट देखी, उसी दुनिया में तुम अभी ये सब भी देख रहे हो?

एक बार मुझे बुख़ार जैसी कँपकँपी चढ़ आई। बड़े ज़ोर का पेशाब लगा। क़रीब था कि मेरा पेशाब निकल जाए कि मुझे एक मस्जिद नज़र आ गई। अल्लाह बख़्शे मस्जिदों के बनानेवालों को। मैं झपाक से अन्दर गया। मस्ज़िद के पेशाबखाने में घुसकर दरवाज़ा बन्द करके बैठ गया। बड़ी देर बाद बाहर निकलने के लिए हिम्मत को जमा कर सका। मगर अब यहाँ देर क्या और ज़्यादा क्या मानी रखता था? मुझे हर दिन, हर लम्हा, हर घड़ी यूँ जीनी थी जैसे वह बिलकुल हक़ीक़ी हों और आख़िरी भी हो।

बदबू, अँधेरा और जगह की तंगी के बावजूद मेरा जी न चाहता था कि पेशाबखाने से बाहर निकलूँ। बाहर की दुनिया समझ से परे, अजनबी, असरारमय और बड़ी हद तक धमकी से भरी हुई लगती थी। ऐसा मैंने

कभी सोचा भी न था कि दुनिया में कोई बिलकुल एकला भी हो सकता है। बेंबाप-माँ का होगा कोई, तो भी उसका घर तो होगा। बेघरा तो कोई होता नहीं। और अगर घर भी नहीं तो गाँव-गिराऊँ धाम कुछ तो होगा। पर मुझे तो ये मालूम भी नहीं कि घर मेरा इस दुनिया में है भी कि नहीं। मुझ-सा बेकस और बेकल भला कोई होगा। बिलकुल ही बेमदद और बेयारा, अब मेरा होगा तो क्या होगा...मुझे लगा कि शायद कोई दरवाज़ा खटखटा रहा है। किसी को बहुत जल्दी है या मुझे ही शायद देर बहुत हो गई है। नमाज़ियों के दिल में सौ तरह के ख़याल आ रहे होंगे कि ये शख़्स मर तो नहीं गया, बेहोश तो नहीं हो गया।

मैं कुछ हड़बड़ाया-सा बाहर निकला। दरवाज़े पर तो कोई न था मगर अँधियारी से निकलने की वजह से कुछ मैं चौंधिया-सा गया था, या शायद संवेदनाएँ ही मेरी उड़ चुकी थीं। क़दम मस्जिद से बाहर निकला ही निकला था कि एक साहब से टकरा गया। मैंने शर्मिन्दगी की वजह से सर भी न उठाया। शक्ल और हाव-भाव मेरे यूँ ही अजनबियों जैसे थे, ये साहब मुझे क्या समझते होंगे, कोई मुल्की गँवार समझकर शायद माफ़ कर दें, शायद मेरे साथ खिल्लीबाज़ियाँ करें कि नया पखेरू कहीं से भटका हुआ आ गिरा है। मगर सर न उठा सकने की वजह से मैं ठीक से आप को सँभाल न सका और दोबारा उन्हीं साहब से टकरा गया।

'अजी हज...त क्या डोडा पी रखा है जनाब ने?'

उन्होंने हँसते हुए कहा :

'क़दमों पर क़ाबू न किया था तो घर ही मैं बैठकर आराम करते।'

मैं मारे शर्मिन्दगी के घबराकर वहीं मस्जिद के दरवाज़े पर भद्द से बैठ गया था। उन साहब ने बड़ी मुहब्बत से मेरे कान्धे पर हाथ रखा और कहा :

'अरे अब उठिए, कहीं चोट-वोट तो नहीं आई?'

'जी...जी...शुक...शुकर है...शुक्रिया जनाब का। मैं...मैं बिलकुल ठीक हूँ,' मैंने बड़ी मुश्किल से सर उठाया और अटक-अटककर कहा :

> 'जनाब मुआफ़ फरमाएँ। अचानक मुझे कुछ चक्कर-सा आ गया था।'
>
> 'ऐ हे...बेचारे शहर से बाहर के लगते हो। ढाढ़स रखें जनाब घबराएँ नहीं। क्या मैं जनाब को रिहाइशगाह तक पहुँचा दूँ?'

मैंने अब उन साहब को देखा और भौचक रह गया। वल्लाह क्या नाज़ुक नैन नक़्श थे। लेकिन मरदाना ख़ूबसूरती में फिर भी कमी न थी। लम्बा कद, छरहरा बदन, गोरा रंग, मुस्कराती हुई आँखें, गहरी काली। बहुत बड़ी-बड़ी आँखों से ज़्यादह हैरतअंगेज़ उनकी पलकें थीं, क्या किसी शहज़ादी या परी की ऐसी पलकें होंगी। मैंने सुना तो था कि कुछ लोगों की पलकें उनकी आँखों पर पर्दा-सा डाले रहती हैं, लेकिन देखा कभी न था। जब वे पलकें अपनी खोलकर देखते थे तो लगता था मुँह पर चराग़ दो रौशन हो गए हैं। बहुत नफ़ासत भरी कतरी हुई दाढ़ी, लम्बी बिलकुल नहीं लेकिन कम भी नहीं। मूँछें ज़रा साफ़ दिखनेवालीं, बल दी हुई नोकदार लेकिन लम्बी नहीं। पतले-पतले होंठ, उन पर हलकी-सी सुर्ख़ी, शायद तम्बोल की दौलत से, या शायद उनका रंग ही सुर्ख़-गुलाबी था। सर पर पट्टे जो काँधों के ज़रा ऊपर तक आए हुए थे, ऊपर सुनहरी धारियों की आसमानी रंग की रेशमी पगड़ी, ख़ूब बल दी हुई, इस तरह कि सर से जैसे गले मिल रही थी। बहुत बारीक मलमल का कुर्ता, उसी आसमानी रंग का, लेकिन रंग इतना हलका कि नीचे का बदन झलकता था। कुर्ते पर वही लिबास जिसकी आस्तीनें ऊपर से कटी होती हैं। काशानी मखमल, जिस पर हलकी-हलकी जवाहरात की बेल टँकी हुई, लेकिन बहुत सन्तुलित। रेशमी धारीदार कपड़े का

पायजामा, गाढ़े ऊदे या शरबती रंग का, जो उनके गोरे बदन पर अजब बहार दे रहा था। कुर्ते के हलके लतीफ़ कपड़े के मुक़ाबले में पायजामे का कपड़ा भारी था, इतना कि पाँव की ठोकर से कुछ बढ़ा हुआ था। काले चमकीले चमड़े की जूतियाँ जिन पर ज़री का भारी काम, कमर में दुपट्टे की बजाय नीले कमख़ाब का पटका, जिस पर ज़री का काम और कहीं लाल क़ीमती पत्थर टके हुए, कमर में जड़ाऊ खंजर जिसकी म्यान भी जड़ाऊ थी। गले में मोतियों की तीन लड़ियों वाली माला, लगता है उसी गरदन की ख़ूबसूरती और आकर्षण के लिए वे मोती बनाए गए होंगे। एक भी दाना बेमेल नहीं। चमक-दमक में ज़रा दूधिया धुँधले, जैसे कि सच्चे मोती मुल्क-ए-सैलान के होते हैं।

उनकी उम्र यही कोई मेरी-सी होगी, यानी पचास के लगभग। मगर चेहरे पर ऐसी नर्मी और इस क़द्र ताज़गी थी जैसे अभी मदरसे से उठकर चले आ रहे हों। उनकी पूरी शख़्सियत से रौशनी-सी फूटती महसूस होती थी। मैंने यह भी ख़याल न किया कि कितनी बड़ी गुस्ताखी कर रहा हूँ उन्हें देखे ही जा रहा हूँ, उनकी बात का जवाब भी नहीं दिया है। लेकिन शायद वह साहब इस तरह से देखे जाने के आदी थे। दुनिया में रुसवा होना नई कोई बात उनके लिए न थी। वह पूरे इत्मीनान और दिल लगाकर मेरी तरफ़ देखते रहे। शायद वह भी महसूस कर चुके हों कि मैं उन्हें देखकर हैरान हो गया हूँ, और कोई वजह मेरी ख़ामोशी की न थी। यही वजह थी कि वह मुझसे आँखें न चुरा रहे थे। बेशर्मी से आँख भी न मिला रहे थे लेकिन मेरे उन्हें देखने में डूब जाने को उन्होंने अजब नर्मदिली से लिया और शरमाए भी बिलकुल नहीं, बस इन्तज़ार में रहे कि मैं अपने आप में वापस आऊँ तो बातचीत का सिलसिला आगे बढ़े। उनके किसी भी अन्दाज़ में इतराने और बनाव का शक भी न होता था।

अचानक मुझे लगा कि सिर्फ़ मैं ही उन अजनबी ख़ूबियों के उस बादशाह को नहीं देख रहा हूँ, कुछ लोग मुझे भी देख रहे हैं और शायद दबे होंठों से मुस्करा भी रहे हैं। और कुछ लोग उन अजनबी फूलों की

विशेषताओं वाले को भी कुछ इस तरह देख रहे हैं जैसे उन्हें भी ये अच्छा लगता हो कि लोग उनकी तरफ़ चेहरा करें। मैंने चौंककर जैसे नींद से आँखें खोलीं और एक क़दम आगे बढ़कर चाहा कि उनका दामन थाम लूँ। लेकिन ये किस क़द्र बदतहज़ीबी की बात होगी। मैं झिझककर रुक गया और बोला :

'जनाब माफ़ी का ख़्वाहिशमन्द हूँ, मैं वाक़ई अपने वतन से बाहर हूँ...'

अभी मैं बात पूरी न कर पाया था कि एक साहब मस्जिद के अन्दर से लपकते हुए आए और बेतकल्लुफ़ी से उस अजनबी का हाथ अपने हाथ में लेकर उसे चूमकर बोले :

'ऐ वल्लाह मीर साहब, क्या भाग हैं मेरे जो आप यहाँ थोड़ी देर कर के आए।'

उन्होंने मेरी तरफ़ थोड़ा-सा इशारा किया। और मुझे हाथों को चूमने का मौका मिल गया। कई दिन से इरादा कर रहा था कि डेरे पर जनाब के हाज़िर हूँगा।

'अस्सलाम अलैकुम मियाँ शरफ़ुद्दीन पयाम साहब। ख़ूब मिले आप। मैं अभी इन नये दोस्त अपने से तआरुफ़ हासिल कर रहा था...भई आप का वह शेर तो क्या ग़ज़ब का था मियाँ शरफ़ुद्दीन साहब, टोपी वालों ने क़त्लेआम किया... लेकिन ज़रा ग़म खाएँ।'

फिर वह मुझ से मुख़ातिब होकर बोले :

'मियाँ साहब क्या कहीं दूर से तशरीफ़ लाए हैं? जनाब मैं अर्ज़ कर रहा था, रिहाइश जनाब की कहाँ है?'

वल्लाह क्या सुरीली खनकती हुई-सी लेकिन मर्दाना स्वर वाली आवाज़ थी, इतनी साफ़ और खुली हुई जैसे महफ़िल में शेर सुना रहे हों।

'जी मैं यहीं क़रीब ही मस्जिद ज़ीनतुन्निसा के पास वाली सराय में उतरा हुआ हूँ। मुल्के सिन्ध से आया हूँ। गुल मुहम्मद मुझे कहते हैं।'

कुछ लोगों को मुस्कराते हुए देखकर मुझे ख़याल आया कि मुझे ज़ीनतुल मसाजिद कहना चाहिए था। होगा, मैंने दिल में अपने लापरवाही से कहा। क्या इन लोगों को मालूम नहीं कि मैं नया आया हूँ। आह, मैं नया आया था लेकिन अजनबी न था। हाय रे तक़दीर के तमाशे।

'तो मियाँ साहब, अभी आपने दिल्ली कुछ देखी भी न होगी। चलिए आपको चाँदनी चौक की सैर कराएँ और कहीं बैठकर कहवा पी लें।'

उन्होंने शरफ़ुद्दीन पयाम साहब की तरफ़ देखा, जैसे पूछ रहे हों कि आपका क्या इरादा है। पयाम साहब तो शायद इसी उम्मीद में खड़े थे कि मीर साहब मुझे साथ चलने को कहें।

'बहुत दुरुस्त। बन्दा भी उधर ही मदरसा-ए-रहीमिया को जा रहा था। मीर साहब को ये बात नागवार न हो तो चन्द क़दम साथ चलूँ।'

पयाम साहब के लहज़े में ख़ुशी और दिलचस्पी उनके दबाए भी दब न रही थी। मीर साहब ने मुस्कराकर फ़रमाया :

'अजी साहब नेकी और पूछ-पूछ। आपके साथ में लुत्फ़ सैर का दोबाला हो जाएगा।'

'मैं सर और आँख के साथ हाज़िर हूँ, बिस्मिल्लाह!'

मैंने कहा।

हम लोग मस्जिद की सीढ़ियाँ उतरकर बाज़ार में आए। हर दूसरा-तीसरा शख़्स मीर साहब को सलाम करता और अक्सर उनकी कोशिश होती कि उन्हें रोक कर उनसे दो बातें कर लें। मीर साहब बहुत अच्छे-से और सर झुकाकर रास्ता रोकनेवालों को टालते और एक-दो जुमले कहकर आगे बढ़ जाते। मैं निहायत दिलचस्पी से उन्हें देखता और उनकी बातें सुनता चल रहा था। कभी-कभी मैं जान-बूझकर उनके एक-दो क़दम पीछे हो जाता कि उनकी चाल को भी देखता चलूँ जो उनकी सूरत और उनकी बातचीत ही की मानिन्द दिल लुभानेवाली थी। रफ़्तार उनकी औसत से कुछ तेज़ थी और वे चलते वक़्त अपने दोनों हाथ यूँ आगे-पीछे करते थे जैसे चप्पू चला रहे हों, और चाल उनकी इतनी सहज थी कि बस लहरें सी उठती हुई लगती थीं।

बातें उनकी निहायत दिलकश, हाज़िरजवाबी और हास्य से भरी थीं, कभी-कभी राह चलतों पर एकाध फ़िकरा भी चुस्त कर देते। कोई सुनता भी तो बुरा न मानता, ख़ुशदिली से मुस्करा देता।

'इन मियाँ साहबज़ादे को ज़रा देखो, कल से मरदसे क्या बैठने लगे हैं कि सर ही घुटा लिया, जैसे छिली हुई शकरकन्द।'

'क्यों शरफ़ुद्दीन पयाम मियाँ साहब, वे साम्हनेवालों की निगाहें किसी से सलाम व पयाम करती हैंगी या मैं ही एक आँख वाला हो रिया हूँ।'

पयाम साहब मुस्कराकर बोले :

'कोई आप से आँख मारे तो साम्हने ही की फूटें।'

अब मीर साहब ने मिलते-जुलते शब्दों और उनसे सम्बन्धित शब्दों का बाज़ार गर्म कर दिया :

'जी जनाब, कोई आसमान के सितारे से आँख मिलाए और किसी को सूरज की भी आँख नज़र में न आवे। हमसे आँख मिलाकर के कोई क्या पा

लेगा। हमने तमाशागाहे दुनिया की तरफ़ से आँखें मूँद ली हैं साहब। सामने झरना है जाकर मुँह धो आएँ फिर हमें आँखें दिखाएँ। हमने तो परी चेहरों की आँखें देखी हैं। मुँह धुल जाए तो शायद आँखें तारों से रोशन हो जाएँ, वरना ऐसा किसी का मुँह कहाँ कि हमारे मुँह आए।'

'मगर साहब मासूम आँसू तो मचलकर मुँह आ ही जाता है। सुनिए, हज़रत मीर सोज़ साहब फरमाते हैं और क्या ख़ूब फ़रमाते हैं :

ऐ तिफ़्ल अश्क[1] *तुझको आँखों में मैंने पाला*
तिस पर भी गर्म होके तू मुँह पे मेरे आया

'जी ख़ूब कहा। मगर ये मैं-मैं की तक़रार ऐसी लगी जैसे कोई मिमिया रहा हो।'

यह कहकर वे ज़रा सा मुस्कराये, जैसे अपनी मुस्कराहट की शीरीनी से इस एतराज़ की कड़वाहट को ख़त्म करना चाहते हों।

इन्हीं मज़े-मज़े की बातों में रास्ता कट गया। अचानक मेरे पाँव मन-मन भर के हो गए। लगा किसी ने मेरे दिल को शिकंजे में कस दिया हो और सारे बदन का ख़ून कहीं और जाकर जम गया हो। मैंने चकरा कर किसी दुकान के तख़्ते का सहारा लेना चाहा लेकिन मेरा बदन ही लड़खड़ा गया था। मीर साहब ने मेरी हालत न जाने क्योंकर भाँप ली थी। उन्होंने मेरा कन्धा मज़बूती से जकड़ लिया और मैं साबित क़दम ठहरा रहा। इतने छरहरे और मजनूँ की तरह कमज़ोर और लचीले बदन में इतनी ताक़त? मैं हैरतज़दा रह गया। मुझे बाद में मालूम हुआ कि मीर साहब जंग की तमाम कलाओं को बख़ूबी जानते हैं, अखाड़े में पाबन्दी से ज़ोर आज़माई करते थे और लट्ठबाज़ी में मुकम्मल महारत हासिल थी। मगर उस वक़्त तो मैं दूसरी बार अमीर जान की क़ब्र में पहुँच गया था...सामने वही आसमान से आँखें मिलाता, देव की तरह, लाल पत्थरों

---

1. तिफ़्ल अश्क : नन्हा आँसू।

का क़िला था और उसके आगे वही बाज़ार जिसमें उस जानलेवा महसूस का रक़्स मैंने देखा था। क़िले के ज़रा दूसरी तरफ़ से वही नहर लहराती बल खाती चली आती थी और उसी तरह तरावट बढ़ानेवाले एहसास में बाज़ार के बीच में बहती थी।

यह सब मैं ख़्वाब में...नहीं, अमीर जान की क़ब्र के अन्दर लेकिन होश-ओ-हवास में अपनी आँखों से देख चुका था। हालाँकि मुझे पहले ही य़कीन हो चुका था कि मैं इस वक़्त अपने असली ज़माने से कम-से-कम दो-सवा दो सौ बरस ऊपर आ गया था, लेकिन अब तक जो मैंने देखा था उनमें से कोई चीज़ मैंने इस कब्र के अन्दर न देखी थी। अब जो नज़रों के सामने था वह, पहले भी आ चुका था। अब मुझे यूँ लग रहा था जैसे मैं किसी नये शहर में हूँ भी और नहीं भी हूँ। अब मुझे अपने बेघर होने का पूरी तरह य़कीन हो गया था और सितम ये कि ये ऐसे वक़्त हुआ जब मैं कुछ दोस्त, कुछ मुलाक़ाती अपने लिए हासिल करने की कुछ उम्मीद रखता था।

'कुछ हुआ मियाँ साहब? क्या कुछ जी माँदा है आपका?'

उन्होंने इस तरह पूछा जैसे वह वाक़ई फ़िक्रमन्द हों कि मुझे क्या हो गया है।

'नहीं, कुछ नहीं। बस यूँ ही चक्कर-सा आ गया था। आज सारा दिन शहर में आपके घूमता रहा हूँ।'

मैंने बात बनाने की कोशिश की।

'आइए, वह सामने ही कहवाखाना है। वहाँ बैठकर थके हुए पाँव को आराम देते हैं।'

कहवाखाने के माहौल में कई तरह की आधुनिक ख़ुशबुएँ थीं लेकिन बहुत ख़ुशगवार। ताम्बूल से मैं वाक़िफ़ था, हालाँकि हमारे ज़माने में चलन इसका बहुत न था। लेकिन ये तम्बाकू अजीब चीज़ थी। लोग इसे कटोरे में

डालकर सुलगाते और फिर एक लम्बी नलकी से उसका दम लगाते। बड़ा ठंडक का एहसास दिलानेवाला और ख़ुशबू में डूबा हुआ धुआँ निकलता और माहौल को अजीब, अनोखी-सी ख़ुश्क और बहुत मज़ेदार, गर्म, ख़ुशबू से भर देता। धुआँ जहाँ तक फैलता वहाँ तक ख़ुशबू जाती, चाहे धुआँ दूर ही क्यों न चला गया हो। देखने में तो कहवाखाने में कई तरह के तम्बाकू ग़ैरज़रूरी लाए जाते थे क्योंकि मैं अलग-अलग धुएँ और अलग-अलग ख़ुशबुएँ महसूस कर सकता था।

मालूम हुआ जिस आला (उपकरण) को यूँ तम्बाकू पीने के काम में लाते हैं, उसे ईरानी कुलयान और हिन्दी भंडा कहते हैं। उसके हर हिस्से के अलग-अलग नाम थे : चिलम, नीचा, पीचवान, नै, महनाल, ये नाम तो उसी दिन कहवाख़ाने में सुने थे। खींचनेवाली तम्बाकू अलग चीज़ थी, और खानेवाली तम्बाकू अलग, जिसका आख़िर में ज़िक्र आया है, उसमें भी इत्रें ख़ूब होती थीं लेकिन बड़ी ख़राबी उसमें खाकर थूकने की थी। पान के साथ खाएँ तो थूकना ज़रूरी होता था। कहवाख़ाने में जगह-जगह उगालदान, पीकदान मौजूद थे। लोग पीक थूकने या उगाल अलग करने में काफ़ी एहतियात बरतते थे लेकिन अपने कुर्ते पर छींटों का क्या करते। कई लोगों के दामन मैंने कम या ज़्यादा छींटे देखे। मीर साहब से रस्मी सलाम व बात करनेवालों के अलावा कई उनके दोस्त या मुलाक़ाती थे। सब एक कोने में एक साथ बैठे, नये दोस्त भी जो आते उसी बेतकल्लुफ़ कुंज में अपने लिए जगह बना लेते। लम्बी कुछ तंग और नीची-सी चौकियाँ, उन पर साफ़ लाल रंग के मोटे कपड़े का दस्तरख़्वान या महज़ ग़िलाफ़, चारों तरफ़ मखमली गद्दे। भंडा ज़रूरत के मुताबिक़ मँगवाने पर हाज़िर किया जाता था। कुछ खाने की ख़्वाहिश हुई तो कहवाखाने का नौकर लौंडा पास के नानबाई या हलवाई से मँगाया गया सामान झपाक से ले आता।

कहवाखाने की गुफ़्तगुओं और चुहलों में काफ़ी वक़्त निकल गया। मेरी घबराहट भी अब कम हो चली थी। अब मुझे अपने अजनबी एहसान करनेवाले के बारे में कुछ मालूम हो गया था। नाम उनका सैयद मुहम्मद

अली और तख़ल्लुस 'हशमत' था। ये लोग मूलतः कश्मीरी थे लेकिन कई पीढ़ियों से देहली में रहते थे और बादशाहे वक़्त या किसी नामवर अमीर की नौकरी करते, पेशे से फ़ौजी थे। दो उनके भाई आबिद यार ख़ान और मुराद अली ख़ान मशहूर जौहरी थे और तेग और तलवार में भी माहिर होने की वजह से मुहम्मद शाह बादशाह मरहूम के जवाहरखाने में नौकर थे। इस ख़ानदान में धन-दौलत और जवाहर की वह रेल-पेल थी जैसे लक्ष्मी जी ने उनके आँगन में नहर अपनी बहा दी हो।

धन-दौलत की रेल-पेल और कुछ अपने क़ुदरती शौक़ की वजह से मीर मुहम्मद अली ने किसी की नौकरी न की थी। शाइरी करने और दोस्ती निभाने में दिन-रात गुज़रते थे। मीर मुहम्मद अली फ़ारसी में क़ुबूल कश्मीरी के शागिर्द हुए। रेख़्ता में किसी की शागिर्दी इख़्तियार न की लेकिन ख़ुद उन्होंने रेख़्ता में कई शागिर्द बनाए थे जिनमें मीर अब्दुल हई ताबाँ का नाम हर तरफ़ मशहूर था। उस्ताद से ताबाँ को ऐसी मुहब्बत थी कि लोग उसकी मिसाल देते थे। उस्ताद के बारे में उनका शेर बहुत मशहूर हुआ था :

न माने जो कोई हशमत को ताबाँ
वह दुश्मन है मुहम्मद और अली का

उस्ताद का नाम चूँकि मुहम्मद अली था, और ख़ुद मीर अब्दुल हई मशहूर मसूवी सैयद थे, इस वजह से शेर और भी मज़ेदार हो गया था।

धीरे-धीरे मैं देहली वालों में घुलने-मिलने लगा, लेकिन बहुत ख़राबी के बाद। इस अमल में जो देरी हुई और जो तकलीफ़ें मुझे उठानी पड़ीं उनका ज़िक्र करके आपको बेमज़ा न करूँगा। देहली वालों में मेरा मेल-जोल सबसे ज़्यादा तो इस बात के चलते हुआ कि मीर मुहम्मद अली हशमत ने अपनी ज़िम्मेदारी पर मुझे सवा रुपये महीने पर एक मुनासिब मकान कूचा चेलाँ में दिलवा दिया था। खाना पकाने के लिए एक शरीफ़ बुढ़िया आठ आने फी महीने और दो वक़्त के खाने पर मुझे दिलवा दी थी। सबसे बढ़कर ये कि उन्होंने अपनी ज़िम्मेदारी पर मुझे अपने सरपरस्त नवाब क़ुतुबुद्दीन ख़ान बहादुर फौजदार, मुरादाबाद की टुकड़ी में सिपाही

के तौर पर रखवा दिया था। आपको इन बातों पर तअज्जुब और हैरत न होनी चाहिए। एक दुनिया मीर हशमत की ख़ूबियों को मानती और तारीफ़ करती थी। ये बात देहली में आम थी कि देहली के मशहूर मर्दों में शर्म और ग़ैरत व सलाहियत व आदमियत की दौलत का समुन्दर रखनेवाला, बहुत ज़्यादा ख़ूबियों वाला और बुराइयों से पाक अगर कोई था तो वह मीर मुहम्मद अली हशमत थे।

ऐसा अच्छा संयोग बना कि चन्द रोज़ पहले मीर मुहम्मद अली भी टुकड़ों में दंगल के ओहदे पर तैनात हो गए थे। संयोग कहें या यूँ कहें कि उनकी ज़िन्दगी की मुद्दत पूरी हो चुकी थी। मौत को बहाने की तलाश थी और वह इस नौकरी ने आसानी से मुहैया कर दिया।

सातवाँ अध्याय

मीर मुहम्मद अली हशमत की सोहबत में रहकर मुझे जल्द ही शेर और साहित्य में दिलचस्पी दोबारा पैदा हो गई। मेरे ज़माने के शहरे-देहली में तो मौलाना जमाली के सिवा कोई मशहूर-ओ-मारूफ़ उस्ताद 'शेर' की कला में न था। और ये भी है कि उस वक़्त की देहली में शेर और साहित्य का चर्चा इस क़द्र और इतना आम न था, जितना आज की देहली में था। क्या फ़ारसी क्या रेख़्ता, क्या हिन्दू क्या मुसलमान, हर शख़्स शेर नाम की महबूबा का मतवाला और साहित्य के दीपक पर परवाने की तरह जान देनेवाला था। देहली की गलियाँ शाइरों, भाषाविदों और शाइरी फ़न के उस्तादों से पटी पड़ी थीं। अपनी मुख़्तसर ज़िन्दगी के दौर में मुझे उन सबसे मिलने तो क्या, उनके नामों को भी जानने का मौक़ा न मिल सका।

ज़ुबान और ज्ञान व भाषा के कारोबार के सम्बन्ध में सबसे अजब बात ये थी कि ये लोग ख़ुद को ईरानियों से कई वजहों से बेहतर समझते थे। टेक चन्द बहार और आनन्द राम मुख़लिस जैसे शब्दकोश विशेषज्ञ और अहले ज़ुबान फ़ारसी के अध्येता, सिराजुद्दीन अली ख़ाँ

आरज़ू जैसा फ़ुनून-ए-शेर, व्याकरण और शब्दकोश में प्रचंड विद्वान, मियाँ नूरुल ऐन वाक़िफ़ और ख़्वाजा मीर दर्द और मीरज़ा मज़हर साहब जानेजानाँ नक़्शबन्दी जैसे महान फ़ारसी में शेर कहनेवाले, जिधर जाओ नया आलम नज़र आता था। सूफ़ी सन्तों और अहले-अल्लाह और आलिमों की तो गिनती ही न थी। ख़ुद मिर्ज़ा मज़हर साहब बड़े ग़नीमत सूफ़ियों में से थे। शाह वली उल्लाह साहब मुहद्दिस की शोहरत तो मक्के-मदीने तक थी। फिर उनके साहबज़ादों और उनके अलावा बुज़ुर्गवार हज़रत सैयद हसन रसूल नुमा, हज़रत शाह मुहम्मद फ़रहाद, क़ुतुब शहर हज़रत शाह कलीमुल्लाह साहब जहानाबादी, जिधर देखो इल्म और ख़ुदा को जानने और पहचाननेवालों के चराग़ जगमगा रहे थे। सवाई राजा जय सिंह प्रारूप और गणित में बड़ी गहरी समझ रखते थे। उस्ताद ख़ैरुल्लाह मेंहदिस के शागिर्द हिन्दुस्तान से ईरान तक फैले हुए थे।

मुझसे कुछ ज़माना पहले मीर हशमत के उस्ताद क़ुबूल कश्मीरी साहब के साथ बड़ा पुरलुत्फ़ मामला गुज़रा था। शेख़ अली हज़ीं एक बददिमाग़ ईरानी शाइर थे और सचाई ये है कि बहुत प्रमाणित शाइर शाहजहानाबाद में आए थे। वह मक़ामी लोगों से अक्सर नाराज़ रहते। एक बार अब्दुल ग़नी बेग साहब अपनी हाज़िरी देने डेरे पर उनके पहुँचे, तो शेख़ अली हज़ीं ने कहला दिया कि शेख़ घर पर नहीं हैं, हालाँकि घर के अन्दर मौजूद थे। मिर्ज़ा क़ुबूल बेग साहब अगले दिन कई अपने शागिर्दों के साथ कि उनमें मीर मुहम्मद अली भी थे, शेख़ की उस हवेली पर पहुँचे और कहलवा दिया कि जब तक शेख़ हमसे मुलाक़ात न करेंगे हम उनकी राह देखेंगे। मजबूरी में शेख़ अली हज़ीं को दीवान अपना खुलवा कर उनसे मिलना पड़ा। मीरज़ा क़ुबूल बेग साहब और उनके शागिर्दों ने देर तक अपना कलाम सुनाया कि आपका कलाम तो हम सुनते ही रहते हैं, आज हमारा कलाम आप सुनिये। शेख़ बेचारे ने नाक-भौं चढ़ाईं और मुँह बनाए सुनते रहे। फिर शेख़ ने बतौर मेहमाननवाज़ी कुछ अपना कलाम सुनाना चाहा, मगर वहाँ कौन

सुनता था। शेख़ बहुत ख़फ़ा हुए और इस बात की शोहरत शहर सारे में फैल गई।

लेकिन बात मीर अब्दुल हई ताबाँ की हो रही थी कि उस्ताद से उनकी मुहब्बत का ज़िक्र बच्चे-बच्चे की ज़ुबान पर उन दिनों था। और इससे बढ़कर शोहरत मीर साहब के हुस्न की थी। कहा जाता था कि मीर अब्दुल हई के सामने बड़ी बेगमें भी अगर होतीं तो माँद पड़ जातीं। मैंने तो यहाँ तक सुना कि बादशाहे वक़्त आला हज़रत अहमद शाह पादशाह ग़ाज़ी भी कभी-कभी जब मीर साहब के दरवाज़े पर से गुज़रते और मीर साहब घर अपने के बाहर बैठक में तशरीफ़फ़रमा होते तो बादशाह किसी बहाने अपना हाथी रुकवाकर उन्हें एक नज़र देख लिया करते थे। मुझे मीर अब्दुल हई साहब को देखने का बड़ा शौक़ था, लेकिन इत्तफ़ाक़ ऐसा था कि मैं और वह कभी इकट्ठा न हो सके थे। गिलने के मौक़े तो बहुत थे, लेकिन मैं उनके हुस्न के ज़िक्र से इस क़द्र प्रभावित था कि चाहता था ऐसी मुलाक़ात हो जिसमें मीर मुहम्मद अली साहब भी शरीक हों ताकि मैं पहली ही मुलाक़ात में उनसे बेतकल्लुफ़ हो सकूँ।

और फिर मीर अब्दुल हई साहब के बहुत ज़्यादा शराब पीने के चर्चे, वह तो दुनिया में चारों तरफ़ गूँजते-से लगते थे। जहाँ भी उनका ज़िक्र आता, लोग सबसे पहले यही पूछते कि जनाब नशे की हालत में हैं या बेदारी की हालत में हैं। हालाँकि ये पारिभाषिक शब्दावली ख़ुद सूफ़ीवाद से सम्बन्धित थी लेकिन यहाँ इस तरीक़े से बहुत मुनासिब लगती थी कि ताबाँ साहब जब नशे में न होते तो बड़ी अक़्ल की बातें करते थे। और नशे की झोंक में वे किसी को कुछ भी कह गुज़र सकते थे। अलावा अपने उस्ताद के कि वे उनके मुर्शिद और महबूब और दोस्त, सब कुछ थे। किसी को आज तक ये न मालूम हो सका था कि तअल्लुक़ात ताबाँ साहब और हशमत साहब के दरमियान किस तरह के थे। उन दिनों एक और शाइरे रेख़्ता शेख़ मुबारक आबरू की मसनवी आदाबे माशूक़ बहुत ज़िक्र में आती थी। उन्होंने जो नसीहतें माशूक़ को

दी थीं उनमें जिन्सियत (कामुकता) और अन्दरूनी मेल-मिलाप तो क्या, बाहरी मेल-मिलाप के लिए भी कुछ जगह न थी। फ़रमाते हैं :

पर ख़बर रखना कोई ख़न्दः न हो
बुलहवस[1] नापाक दिल गन्दा न हो
कोई पाजी या कोई लुच्चा न हो
बात कहना उस सती बेजा न हो
अब ज़माने के रिजाले[2] हैं कुछ और
सीख कर हिन्दोस्ताँज़ादों का तौर
घूरते हैं ख़ूबसूरत के तईं[3]
दिल में रखते हैं कुदूरत[4] के तईं
जिसको जानें यूँ कि दिल में प्यार नहीं
उसकी जानिब देखना दरकार नहीं

लेकिन अन्दर का हाल किसे मालूम है। दुरुस्त कि मैख़ाने का हिसाब-किताब रखनेवाले का घर के अन्दर क्या काम, मगर कहनेवाले की ज़ुबान कौन पकड़ सके है। अभी कुछ मुद्दत पहले एक शाइरे-रेख़्ता मीर जाफ़र ज़टल्ली ने अमरद-परस्ती (पुरुष समलैंगिकता) के ख़िलाफ़ बहुत शेर लिखे थे। उनसे बढ़कर ये कि उस ज़माने के एक बहुत ही मोहतरम शाइर फ़ारसी के थे मीरज़ा अब्दुल क़ादिर बेदिल, उन्होंने अमरद-परस्ती के हज्व (किसी की निन्दा के लिए लिखी गई कविता) लिखी है जो ख़ुद ही निहायत फ़हश (अश्लील) है। मुझे इन बातों में कुछ दिलचस्पी न थी। मुझे तो ये जानने की फ़िक्र थी कि क्या कोई बन्दए ख़ुदा मीर मुहम्मद अली हशमत से भी बढ़कर हसीन हो सके है? मीर मुहम्मद अली हालाँकि मेरी ही उम्र के थे और ये उम्र बुढ़ापे की नहीं तो जवानी के ढलान की बेशक थी। लेकिन वह मुझे बहुत कमसिन और कभी-कभी अपनी अदाओं की वजह से अल्हड़ मालूम

---

1. बुलहवस = ज़्यादा हवस, 2. रिजाले = मर्द, 3. तईं = प्रति, 4. कुदूरत = मैल

होते थे। फिर भी उनकी आवाज़ उस लोच और बारीकी और ऊँचे सुरों से ख़ाली थी जिनसे अमरद-परस्तों को जाना जाता है। उनकी जिस्मानी ताक़त का हाल मैं लिख चुका हूँ। उनकी जुरअत का हाल ये था कि एक बार उन्होंने भरे मेले में एक ग़ुस्साए साँड़ की सींगें पकड़कर उसे बिलकुल जाम कर दिया था। जब तक लोग रस्से और कमन्दें लेकर आएँ, क्या मजाल कि साँड़ कहीं टस से मस हो जाता।

उम्दतुल मुल्क अमीर ख़ान अंजाम के क़त्ल को अभी चन्द ही बरस हुए थे। लोग अक्सर उन्हें याद करते और कहते थे कि जिसने उम्दतुल मुल्क अमीर ख़ान अंजाम को न देखा हो वह मीर मुहम्मद अली को देख ले, बस फ़र्क़ था तो इतना था कि उम्दतुल मुल्क छोटे क़द के थे और मीर साहब का क़द लम्बा था। उम्दतुल मुल्क कभी-कभी औरतों का लिबास भी पहन लेते और वह भी उन पर बहुत फबता था। मीर मुहम्मद अली को लिबास बदलने का कोई शौक़ न था। उम्दतुल मुल्क से सम्बन्ध स्थापित करने की चाहत रखनेवालों में वे भी रहे थे और उनके क़त्ल के बाद नवाब क़ुतुबुद्दीन ख़ान के यहाँ उनका आना-जाना हो गया था। यहीं उनकी मुलाक़ात मीर अब्दुल हई ताबाँ से हुई। ताबाँ उन दिनों शाह हातिम के शागिर्द थे लेकिन मीर हशमत से मिलते ही उनके प्रशंसक इस क़द्र हुए कि उनके शागिर्द हो गए और उन्हीं के हो रहे।

मीर अब्दुल हई ताबाँ मुद्दत से क़िज़िलबाश ख़ान उम्मीद की सरकार से सम्बन्धित थे। मशहूर था कि मीर साहब के घर पर हर शाम नई उम्र के अच्छे जमाल (सौन्दर्य) वालों की महफ़िल जमती। ताबाँ उनमें से चन्द को क़िज़िलबाश ख़ान उम्मीद की हवेली पर रक़्स और मौसीक़ी की मजलिसों और शायद कुछ को रात गुज़ारने के लिए भी ले जाते। सचाई तो ख़ुदा ही जाने। मैंने अपनी मुलाक़ात की थोड़ी-सी मुद्दत में ऐसी कोई बात न देखी अलावा ये कि ताबाँ साहब की मंज़ूरे नज़र एक नव उम्र पर जिसकी दाढ़ी-मूँछें निकलने की बस शुरुआत हुई थी। माशूक़ की ख़ूबियों वाला लड़का सुलेमान नाम का था और

वह उसके बग़ैर कहीं न जाते थे। लेकिन मीर मुहम्मद अली साहब के यहाँ जलसों में मियाँ सुलेमान हमेशा हाज़िर न रहते, ये भी मैंने सुना। मीर अब्दुल हई की दूसरी जगह वक़्त गुज़ारने की मीरज़ा मज़हर साहब जाने जानाँ की बैठक थी। वह वहाँ तीसरे-चौथे अलबत्ता हाज़िर होते, शेर-ओ-शाइरी की बात होती, कुछ लतीफ़े सुने-सुनाए जाते और कुछ हँसी-मज़ाक़ होता। पान और क़हवे का दौर चलता। घड़ी-दो घड़ी बाद ये अंजुमन उठ जाती और मीरज़ा साहब की शिक्षाओं और बयानों, तसव्वुफ़ और शिक्षा, ख़ुदा का ज्ञान, ख़ैरात देने के आदेश का दौर चलता जो इशा (रात की नमाज़) के बाद भी जारी रहता। उन मजलिसों में सिर्फ़ ख़ास-ख़ास मुरीद ही शामिल हो सकते थे।

मैं नहीं कह सकता कि ऐसी सोहबतें उठानेवाला और ऐसे दिन-रात गुज़ारनेवाला सैयद ज़ादा, और क़िज़िलबाश ख़ान उम्मीद, या किसी और के यहाँ जिसकी दाढ़ी-मूँछें न निकली हों और अमरद-परस्ती या लौंडेबाज़ी का ज़रिया बनता होगा। मैंने तो उन्हें बहुत ही कम देखा लेकिन हमेशा गम्भीर और सब्र करनेवाला देखा। हाँ, हँसी-मख़ौल और लतीफ़ाबाज़ी की बात और है। और सच तो ये है कि हमारी पहली ही मुलाक़ात में पहली बात जो मैंने उनसे सुनी, वह एक लतीफ़ा था।

क्योंकि मैं मुहम्मद अली साहब की हवेली के बहुत क़रीब था लिहाज़ा इशा के फ़ौरन बाद वहाँ पहुँच गया। मुहम्मद अली साहब ने मुझसे कहा था कि आज इशा बाद मीरज़ा साहब की महफ़िल से उठकर अब्दुल हई उधर आवेंगे। तुम भी आना, कुछ ख़ास दोस्त और होंगे, सब मिलकर धमाल मचाएँगे। कुछ शेरख़्वानी भी होगी। मियाँ ताबाँ ने एक ग़ज़ल मुझ पर लिखी है, उसे सुनाने के बेहद वह उत्सुक हैं। मैंने दिल में कहा कि मीर अब्दुल हई अगर मीरज़ा साहब जैसे दीन के पाबन्द बुज़ुर्ग के वहाँ जाएँगे तो शायद शराब पीकर न जाएँगे। मेरा ख़याल सही निकला। हशमत साहब के दीवानख़ाने में क़दम धरते ही ताबाँ ने उस्ताद

के हाथ चूमे, क़दम छुए, उनके गालों को चूमा, फिर हाथ बाँधकर मुस्कराते हुए बोले :

> 'उस्ताद को मालूम है बन्दे ने शाम कहाँ गुज़ारी। क़सम है ख़्वाजा शीराज़ की, हलक़ सूखता है, जान लबों तक आई है। लिल्लाह साक़ी कौसर (जन्नत की एक शराब) का सदक़ा लाल और सफ़ेद अरमनी को गले लगा लूँ तो ख़िदमत में हुज़ूर की एक गर्म लतीफ़ा गुज़ारूँ।'

मीर मुहम्मद अली मुस्कराए, एक नौकर दाईं तरफ़ अदब से खड़ा था। आँख का इशारा पाते ही सधा हुआ ख़िदमतगार बग़ल का पर्दा हटाकर अन्दर गया और पल मारते में एक थाली में दो लम्बी-पतली गरदनों वाले शीशे और एक थाली, नक़्क़ाशी वाले जाम की जोड़ी और चन्द प्यालों में काजू, अख़रोट, बादाम ले आया और पूरा सामान उसने निहायत अदब और सलीक़े से ताबाँ साहब के सामने एक तिपाई पर रख दिया। एक शीशे में लाल रंग की शराब थी, एक में बिलकुल बेरंग। मैं उन शराबों से बिलकुल अनजान था। लफ़्ज़ अरमनी से मैंने गुमान किया कि ये अरमनी या पुर्तगाली शराबें होंगी। ताबाँ इस दौरान क़ालीन पर गावतकिए के सहारे हशमत साहब के बराबर में घुटनों में घुटने डाल के बैठ चुके थे। हशमत साहब ने फ़रमाया :

> 'अमाँ शेख़ सलारू, गुल मुहम्मद साहब भी तो शौक़ फ़रमाएँगे। इनके लिए तो जाम तुम लाए नहीं।'
>
> 'मियाँ, भूल हो गई। अभी हाज़िर करता हूँ।'

ये कहकर शेख़ सलारू ने अचानक एक जाम उसी के जोड़ का लाकर मेरे सामने रख दिया। ताबाँ साहब ने भंडे से शौक़ करना शुरू कर दिया था और आगे के लम्हों में अंगूर की बेटी को आग़ोश में लेने के रंगीन तसव्वुर ने अभी से उनकी आँखों में गुलाबी डोरे लाने शुरू कर दिए थे। मुझे भी मौक़ा मिला कि मैं ताबाँ साहब को ठीक से देख सकूँ।

अगर मुहम्मद अली हशमत का हुस्न मर्दाना रंग में रोब और औरतों के रंग में नज़ाकत का बेहतरीन नमूना था तो अब्दुल हई ताबाँ का हुस्न ज़नाने रंग में गोरापन और मर्दाने रंग में नज़ाकत का नमूना था। उम्र उनकी यही कोई चौंतीस या पैंतीस रही होगी लेकिन उनके ऊपर हुस्न इस तरह फूटा पड़ता था कि कमसिन लगते थे। और जितने वह कमसिन लगते थे उतने ही इज़्ज़तदार, शान-ओ-शौकत से भरपूर और रोबदार थे कि मुझे यक़ीन था कि ये शख़्स अगर लुच्चों, शोहदों, बाज़ारी उचक्कों में तनहा भी घिर जाए तो कोई इसके क़रीब आने की जुरअत न कर सकेगा। छू लेना तो बहुत बड़ी बात है। ये सब था पर अपने हुस्न और जवानी पर इतराने का कहीं से इशारा तक न था।

लेकिन शराब की ज़्यादती की वजह ने उनके चेहरे पर कुछ ऐसी चूने जैसी ख़ुश्की-सी फेर दी थी कि दूसरी नज़र में उनके चेहरे पर थोड़ा-सा पुरानेपन का-सा असर झलकता हुआ लगा था। मगर क्या मजाल कि कोई उन्हें बीस-चौबीस बरस से ज़्यादा का समझ ले। सर पर रेशमी चीरा, जिसमें सुनहरी और सब्ज़ नीली धारियाँ मोर का गुमान पैदा करती थीं। बहुत गोरा रंग, सुतवाँ नाक लेकिन बीच में ज़रा-सी उठी हुई, बड़ी-बड़ी रौशन और बाख़बर आँखें हरापन लिए हुए नीली, चेहरे पर दाढ़ी लेकिन हलकी और सलीक़े से तराशी हुई। मूँछें बारीक, बिलकुल दाढ़ी के बराबर, लेकिन उन पर ज़रा से घुमाव का गुमान होता था। किताबी चेहरे पर कल्ले की हड्डियाँ ज़रा उभरी हुईं लेकिन मुग़ल बादशाहों जैसी नहीं। ढाके की हलकी ज़र्द मलमल का कुर्ता, उस पर अँगरखे (अब मैं इस लिबास का नाम जान गया था) की जगह टखनों तक पहुँची हुई अचकन जिसके बन्द सब खुले हुए थे। अचकन का रंग सुनहरा हरा, चमकीला रेशमी कपड़ा लेकिन कुछ बनारसी पोत की झलक लिये हुए। फ़ाख़्तई रंग का रेशमी मगर सादा पायजामा, कमर में क़िरमज़ी दुपट्टा, लेकिन अचकन के खुले होने की वजह से बहुत ढीला बँधा हुआ। गले में तस्बीह के दानों के बराबर याक़ूत और ज़ुमुर्रुद के अंडों के आकार के दानों का हार, और उस पर से कलाबत्तू के धागे से

कन्धे व गरदन में सजाया हुआ चिपका हुआ ख़ंजर कि जिसे देखिए तो तअज्जुब भी हो और लुत्फ़ भी आए कि क्या बहार लानेवाला अन्दाज़ है। दोनों हाथों की एक-एक उँगली में अँगूठी और दाहिनी कलाई में आबनूसी एक चूड़ा, बिलकुल सादा, जो गोरी कलाई पर बहुत भला लग रहा था। सारे बदन में उनके कुछ चमक-सी थी, जैसे पर्दे के पीछे शमएँ जलती हों।

हालाँकि लोग कहते थे, और ख़ुद शाइर लोग भी कहते थे कि हसीनों के मुँह पर ख़त आ जाए पर हुस्न कम हो जाता है, इसलिए ख़ुद हशमत साहब का ये शेर बहुत मशहूर था :

ख़त ने तेरा हुस्न सब उड़ाया
ये सब्ज़ क़दम[1] कहाँ से आया

जोकि ख़त या‎नी दाढ़ी को नवख़ेज़ (नवांकुर) से उपमा देते हैं और मनहूस शख़्स को बद क़दम भी कहते हैं और सब्ज़ क़दम या हरा पीरा भी कहते हैं, इसलिए दूसरे मिसरे का लुत्फ़ बयान से बाहर है। और फिर क़दम के मुनासिबत से आया भी बहुत ख़ूब है। मीर अब्दुल हई ताबाँ ने भी कहा था और सब्ज़ी की मुनासिबत देकर बहुत नई बात कही थी :

वह रंग कि था जिसकी मलाहत का निपट शोर
उस रंग पे किस तरह से सर सब्ज़[2] हुआ ख़त

यहाँ भी लुत्फ़ है कि साँवले शख़्स को सब्ज़ा (नया पौधा) रंग कहते हैं और ख़त को सब्ज़ा कहते ही हैं। इसलिए ख़त को सर सब्ज़ होना एक नया शाइरी का विषय बन गया है जो हसीनों के ख़िलाफ़ भी जाता है और उनकी हिमायत में भी कहा जा सकता है। ये सब सही, पर हशमत और ताबाँ साहेबान के मुँह पर ख़त इतना भला लगता था कि वाक़ई जैसे सब्ज़ा ज़ार आँखों में खुबा जा रहा हो।

---

1. सब्ज़ क़दम = मनहूस, दाढ़ी के शुरुआती बाल, 2. सर सब्ज़ = उगना

मीर मुहम्मद अली की तरह अब्दुल हई ने भी महसूस किया कि मैं उन्हें देख रहा हूँ, और जिस तरह मीर हशमत अपने देखनेवालों से बाख़बर लेकिन बेपरवाह नज़र आते थे, बिलकुल वही अन्दाज़ ताबाँ का था। जब उन्होंने अच्छे से समझ लिया कि मैं उन्हें ठीक से देख चुका हूँ तो मेरी तरफ़ हाथ बढ़ाकर बोले :

'वल्लाह हज़रत, आप ही हैं मौलवी गुल मुहम्मद,'

उन्होंने अपनी आधी लम्बाई तक उठकर मुझसे दोनों हाथ मिलाए,

'हमारे हज़रत बकसरत ज़िक्र आपका करते रहते थे, इस क़द्र कि मुझे भी हसरत बेहद थी कि किसी बहाने से आपको देखूँ। ख़ुदा का शुक्र है आज वह अरमान पूरा हुआ।'

बावजूद इसके कि मियाँ ताबाँ उम्र में मुझसे बहुत छोटे थे मैं खड़े होकर आदाब बजा लाया और मुस्कराकर कहा :

'उम्मीदवार हूँ बारगाहे इलाही में कि मुझसे मायूस न हुए हों।'

'मायूस, भला मायूस क्यों, मैंने तो आपको उससे भी बेहतर पाया जैसा कि आला हज़रत ने फ़रमाया था। लीजिए शौक़ फ़रमाइए।'

ये कहते हुए उन्होंने हुक़्क़े की नलकी, और एक जाम भर कर मेरे सामने रखा और एक ख़ुद अपने लिए भर कर गट-गटाकर चढ़ा गए।

'वल्लाह कमाल है',

मैंने दिल में कहा,

'बलानोशी हो तो ऐसी हो।'

उन्होंने शायद मेरी निगाहों से कुछ भाँप लिया और मुझसे मुख़ातिब होकर बोले :

'जी जनाबे मन, हमारे आला हज़रत के दोस्त और करम फ़रमानेवाले हज़रत ख़्वाजा नासिर अन्दलीब के साहबज़ादे मीर दर्द अताउल्लाह हमउम्र का एक मतला मुलाहिज़ा हो,'

फ़रमाते हैं :

नश्शा क्या जाने वह कहने को मै आशाम[1] है शीशा
जहाँ में दुख़्तरे रज़[2] से अबस[3] बदनाम है शीशा

क्यों मौलवी साहब, सच कहना। मीर दर्द साहब अभी नामे-ख़ुदा जवान बल्कि कमसिन हैं कि नाचीज़ से छोटे उम्र में हैं, भला ऐसा शेर करिश्मा नहीं तो और क्या कहा जाएगा?

मैंने दिल ही दिल में शेर की जम कर तारीफ़ की और उससे ज़्यादा इस बात पर कि ताबाँ ने किस ख़ूबसूरती से बलानोशी के एतराज़ से बरी अपने को कर लिया था और इसकी दलील भी यूँ पेश की थी कि ख़ुद को इनसान नहीं बल्कि शराब का शीशा क़रार दिया था। अल्लाह-अल्लाह मेरे ज़माने में ऐसे शेर कहनेवाले फ़ारसी में भी न थे, हिन्दी तो बेचारी अभी घुटनियों चलना सीख रही थी। लेकिन ये बात मैं किसी से न कह सकता था। मेरे दिल में घुटन होने लगी। पर ये तो धन्धा रोज़ ही का था, किन-किन बातों पर अपना कलेजा मैं पानी करता।

'सुब्हान अल्लाह'

---

1. आशाम = भरा हुआ, 2. दुख़्तरे रज़ = अंगूर की बेटी अर्थात् शराब, 3. अबस = बेकार

मैंने कहा :

'मीर साहब की रौशन आत्मा की दाद दूँ कि दूसरे मीर साहब यानी ख़्वाजा मीर साहब की सेहतबख्श अच्छी शाइरी पर सर धुनूँ। वल्लाह मुझे तो यूँ ही सुरूर हो गया।'

अब्दुल हई ताबाँ मुस्कराए। इस बीच वह पहला जाम ख़ाली करके दूसरे को भी आधा हलक़ में अपने उतार चुके थे और मैंने दो ही चुस्कियाँ दिल-ओ-जिगर के नाम की थीं। मीर मुहम्मद अली हशमत ने मेरी जानिब हिम्मत बढ़ानेवाली नज़रों से देखा, जैसे कह रहे हों, मौलवी साहब अपनी चाल चलें, मीर अब्दुल हई को अपने हाल पर छोड़ें। उनके लच्छन ही और हैं उनके तरीक़े ही अलग हैं।

मैं ये पूछने की हिम्मत करनेवाला था कि ख़ुद मुहम्मद अली साहब के हाथ में जाम क्यों नहीं है कि उनके नौकर ने अफ़ीम की प्याली और एक क़हवे की छोटी प्याली में क़हवा, और एक बड़ी प्याली में चाय किश्ती में लगाकर उनके सामने रख दी। हशमत साहब ने घोलुवे से एक चुस्की ली। गर्म मीठी चाय का एक घूँट पिया और कुछ लुत्फ़ की-सी हालत में आँखें बन्द करके एक बार झूम गए। फिर जो आँखें उन्होंने खोलीं तो वे कुछ और भी दिलकश लग रही थीं। मैंने देखा था कि अफ़ीमचियों की आँखें चुँधियाई हुई-सी होती हैं और अफ़ीम के सुरूर के साथ-साथ उनकी चौंध बढ़ती जाती है। मगर वह मुहम्मद अली हशमत ही क्या जो हर बात में दुनिया से निराला न हो।

अब्दुल हई साहब दूसरा जाम ख़ाली करके तीसरे की तैयारी कर रहे थे कि नौकर ने अन्दर आकर सुखराज सबक़त के आने की ख़बर दी।

'आपका आना मुबारक है। फ़ौरन तशरीफ़ ले आएँ',

मीर हशमत ने कहा :

'मियाँ सलारू, लाला साहब के लिए भी जाम का बन्दोबस्त करो।'

'बहुत बेहतर जनाब,'

कहकर सलारू मियाँ बाहर गए और फ़ौरन ही सबक़त साहब को लेकर अन्दर आए। मीर हशमत आधे खड़े होकर और हम दोनों पूरे खड़े होकर आदाब बजा लाए। सबक़त साहब झुककर हशमत साहब से बग़लगीर हुए और हम लोगों से हाथ मिलाकर अपना दाहिना हाथ बाएँ तरफ़ सीने पर रखा, गोया कह रहे हों आपकी जगह हमारे दिल में है।

मीरज़ा अब्दुल क़ादिर बेदिल के शागिर्द सुखराज सबक़त को देहली का बच्चा-बच्चा जानता था। वे लाजवाब फ़ारसी कहनेवाले शाइर महफ़िल के आदाब को जाननेवाले थे। एतमादुद्दौला मोइनुद्दीन ख़ान उर्फ़ मीर मन्नू से वाबस्ता थे और उनकी शहादत के बाद अब वे अपना ख़ानदानी काम देखने लगे थे। उनका ये शेर सारी देहली में मुहावरा बन चुका था :

अव बफ़िक्र मनसत व मन फ़ारिग़
बन्दगी हा ख़ुदाइए दारद

(ख़ुदा को मेरी फ़िक्र है और मैं आज़ाद हूँ, और मेरी बन्दगी में एक क़िस्म की ख़ुदाई का लुत्फ़ है यानी फ़िक्र बन्दे को करनी चाहिए लेकिन ख़ुदा कर रहा है। इसलिए ख़ुदा में बन्दगी के गुण और बन्दगी में ख़ुदाई का लुत्फ़ है।)

अ़ब्दुल हई ताबाँ साहब से उनकी पुरानी दोस्ती थी, हालाँकि वे उम्र में उनसे बड़े थे। यही बात किशन चन्द 'इख़्लास' साहब के साथ भी अब्दुल हई ताबाँ की थी कि उम्र में बड़े होने के बावजूद वह इख़्लास साहब के दोस्तों के हलक़े में शामिल थे। चुनाँचे उनका शेर है :

सुख़न में उनके मुहब्बत की बू है ऐ ताबाँ
रखे हैं तब तो किशन चन्द जी से हम इख़्लास[1]

1. इख़्लास = ख़ुलूस, मुहब्बत)

इख़्लास साहब को गुज़रे हुए ज़्यादा अरसा न हुआ था। सभी लोगों के दिलों में उनकी जगह बाक़ी थी और फिर उनका तज़किरा-ए-शोअरा*, हमेशा बहार के नाम से मशहूर, अक्सर गुफ़्तगू का विषय बनता। सुखराज सबक़त ने बाद हाथ मिलाने और गले मिलने के कहा :

'अजी मियाँ अब्दुल हई, कई दिन से दिल तुम्हारे लिए हूक रहा था। आज इधर से गुज़रा तो हालाँकि वक़्त बेवक़्त था, जी न माना कि यहाँ मीर साहब की नौकरी को हाज़िर न हूँ। और दिल से मैंने कहा कि तुम्हारी भी ख़ैर-ख़बर मिल जाए तो सोने में सुहागा समझियो। बस यूँ ही हुआ। अल्लाह बड़ा काम बनानेवाला है।'

'आला हज़रत की बारगाह को अपना ही दरबार समझिए जनाब। मैं हमेशा यही अर्ज़ करता था'

ताबाँ ने कहा :

'बारे आज आपको अल्लाह ने तौफ़ीक़ दी। लीजिए शौक़ फ़रमाइए।'

उन्होंने शराब की सुराही की तरफ़ इशारा करके कहा।

इस बार जो शराब थी वह शीशे में न होकर सुराही में थी। शायद वह फ़िरंगी न रही हो। मेरे ज़माने में फ़िरंगी शराब और शराब ही क्यों, फ़िरंगियों की किसी भी चीज़ को कोई जानता-पूछता न था। लेकिन अब उनकी शराबें और कहीं-कहीं उनकी फ़ौजें भी मशहूर हो रही थीं। मेरा पुराने वक़्त का सिपहगिरी पेशा, मुझे इन सब ऊँची शराबों के लिए कहाँ जर्फ़ था। फ़िरंगी सुर्ख़ शराब का एक जाम जो मैं चढ़ा चुका था वही मुझे बड़ी तल्ख़ और सख़्त नशा लानेवाला लग रहा था। ख़ुदा जाने जो लोग उन्हें पीते थे उनके मुँह और ज़ुबान आदी हो जाते होंगे।

---

* तज़किरा-ए-शोअरा : शाइरों पर किताब जिसमें वर्णमाला के मुताबिक शाइरों के बारे में लिखा जाए।

सुखराज सबक़त के तशरीफ़ लाने से मुझे एक मौक़ा गुफ़्तगू में सीधा हिस्सा लेने का मिला। मैंने ताबाँ को याद दिलाया कि वह लतीफ़ा अभी बाक़ी है। मीर हशमत ने भी कहा कि हाँ उनका तो दिमाग़ सुरूरे-शराब से गर्म हो चुका होगा, मीर अब्दुल हई वह लतीफ़ा तो सुनाओ जो बाक़ी था।

ताबाँ के चेहरे पर शराब ने कुछ नई ही ताज़गी पैदा कर दी थी। गोरे चेहरे पर सुर्ख़ी की बहार अजब फबन दे रही थी। मुँह तमतमा गया था और आँखों में सुरूर के डोरे इस तरह लहरा रहे थे जैसे सूरज डूबने के फ़ौरन बाद लालिमा के लहरिए काले आसमान पर दौड़ते चले जा रहे हों। पतले-पतले होंठों से ख़ून-सा टपक रहा था। लेकिन न उनकी आवाज़ में लड़खड़ाहट थी और न ज़ुबान में किसी भी क़िस्म की रुकावट। बिलकुल पहले ही की तरह तन कर बैठे थे जैसे अभी-अभी आए हों। मेरी ज़ुबान पर अचानक मीरज़ा जलाल असीरी का मिसरा आ गया :

शराब रौग़ने गुल शुद चराग़ रंग तेरा

(शराब ने तेरे रंग के चराग़ के लिए फूल के तेल का काम किया है)।

मीर मुहम्मद अली कहाँ तो अफ़ीम के हलके सुरूर में थे और कहाँ अचानक उठकर बैठ गए।

'हाए ज़ालिम क्या मिसरा पढ़ा। महफ़िल का सुरूर दोगुना बल्कि तिगुना कर दिया। ख़ुदा ख़ुश रखे। किस का है?'

ये कहकर उन्होंने अजब मीठी आवाज़ से मिसरा फिर दोहराया। मैंने पहली बार उन्हें शेर पढ़ते सुना था कि कलाम अपना वे सुनाते न थे। उनकी आवाज़ में ऐसी जादू-भरी तड़प थी कि उसका बयान नहीं हो सकता। उधर सुखराज सबक़त और अब्दुल हई ताबाँ भी इसी मिसरे की कैफ़ियत में डूबे हुए थे। ताबाँ के चेहरे पर अब भी किसी शर्म का असर न था। जैसे वे ऐसी तारीफ़ को अपना फ़ितरी हक़ समझते हों। ख़ुश वे बहुत थे, लेकिन ख़ाकसारी अपने हुस्न के बारे में बिलकुल न आती थी।

'मीरज़ा जलाल असीर का मतला है जनाब।'

अब मैंने पूरा शेर पढ़ दिया।

प्याला रंग दिगर ज़द रुख़े फ़िरंग तेरा
शराब रौग़ने गुल शुद चराग़ रंग तेरा[1]

(प्याले से तेरे गोरे चेहरे पर कुछ और ही रंग आ गया है। शराब ने तेरे रंग के चराग़ के लिए फूल के तेल का काम किया है।)

'हाए हाए,'

मीर मुहम्मद अली ने जाँघों पर हाथ पटककर कहा :

'सबकत साहब ज़रा देखियो, बेचारा मुल्के हिन्द कभी न आया लेकिन हमारे रंग का शेर कहता था।'

'दुरुस्त फ़रमाया। ये हमारी तर्ज़ है, हमारी अदा है। अहले ईरान बेचारे इसे क्या जानें और क्या समझें',

सबक़त साहब ने कहा।
ताबाँ ने बड़ी-बड़ी रौशन आँखें खोलीं।

'हमारे ख़ाने आरजू साहब ग़लत थोड़े ही कहते हैं। इन दिनों अहले हिन्द ही अहले ज़ुबान हैं।'

मैं ज़रा बेचैन हुआ कि अब ज़ुबान और शाइरी की बारीक बहसें छिड़ जाएँगी तो मेरा क्या होगा। पिछली दो सदियों में जो हुआ था, मैं उससे बिलकुल बेगाना था। जलाल असीर साहब का ये शेर तो मुझे इसलिए याद था कि कल ही परसों कहीं क़व्वाली हो रही थी। मैं ज़रा की ज़रा ठहर गया था कि सुनूँ क्या पढ़ा जा रहा है और बस ये शेर मेरे दिमाग़ में चिपक कर रह गया था। मैंने फ़ौरन अर्ज़ किया।

---

1. अनुवाद व टिप्पणी (अहमद महफ़ूज) : माशूक़ के शराब पीने पर उसका चेहरा इतना ताज़ा होकर चमक उठा है जैसे चेहरे पर नया रंग आ गया हो, माशूक़ चूँकि गोरा है इसलिए फ़िरंग कहा गया है। दूसरे मिसरे में चराग़ रंग से मुराद माशूक़ के चेहरे के रंग का चराग़ है। यानी रंग की चराग़ से उपमा दी गई है और शराब की उपमा फूल के तेल से। जिस तरह तेल चराग़ को रौशन करता है उसी तरह शराब ने माशूक़ के चेहरे को रौशन किया है।

‘बजा और दुरुस्त, मगर साहब वह लतीफ़ा...?’

‘हाँ साहब, वह लतीफ़ा तो सुनवाइए मीर अब्दुल हई,’

मीर हशमत ने फ़रमाया।

‘जी अर्ज़ करता हूँ। वे जो एक साहब हैं, नए मन्सबदार बने हैं। पहले उनके यहाँ फलों की आढ़त होती थी।...’

‘बस ठीक है मीर अब्दुल हई,’

हशमत ने कहा :

‘उनका नाम ज़ुबान पर न आए तो अच्छा ही है।’

‘बहुत दुरुस्त पीर-ओ-मुर्शिद। तो उन साहब ने सुन रखा था कि उम्दतुल मुल्क शहीद जब नूर बाई साहब के यहाँ तशरीफ़ ले जाते तो दोनों में चोटें चलती थीं। अब उन बेचारों में न वह सलीक़ा, न वह जुमलेबाज़ी, उन्हें मगर शौक़ पैदा हुआ कि नूर बाई न सही शमशाद बाई तो है, और उम्तदतुल मुल्क अमीर ख़ान न सही, हम तो हैं।’

‘ख़ुशफ़हमी, कहाँ राजा भोज कहाँ गंगू तेली,’

हशमत ने कहा :

‘ख़ैर तो फिर?’

‘जी, वह तशरीफ़ ले गए। शमशाद बाई ने उनकी मेहमानदारी निचली मंज़िल में न की, बाला ख़ाने (ऊपरी मंज़िल) में उन्हें बार दी, जैसे बड़ा ख़याल किया। अब उस गाउदी ज़माने भर के अहमक़ को देखिए कि वक़्ते-रुख़सत कहता है, बाई साहब, बाला ख़ाना आपने अपना तो ख़ूब दिखाया। लेकिन वह आपकी निचली मंज़िल कहाँ है, उसका रास्ता कहाँ से है?’

'लाहौल विला क़ुव्वत (ख़ुदा की मार) क्या बदमज़ाक़ी है,' सबक़त साहब ने कहा।

'जी हाँ,'

तो बाई साहिबा बोलीं :

'सरकार उसी मंज़िल से तो होकर तशरीफ़ लाए हैं।'

बड़े ज़ोर का क़हक़हा पड़ा। इस दौरान कई लोग और भी आए-गए थे। शरफ़ुद्दीन पयाम साहब को तो मैं पहचानता था। औरों में से कुछ के नाम को जानता था और कुछ को बिलकुल न जानता था। देर तक महफ़िल रही। मैंने देखा कि बज़ाहिर तो उन लोगों को शेर-ओ-शाइरी और आशिक़ी व माशूक़ी के सिवा कुछ काम न था, मगर दर हक़ीक़त ये लोग ज़माने के सर्द-ओ-गर्म को जानते थे और वक़्त के बदलते हुए तरीक़ों से ख़ूब वाक़िफ़ थे। उस रात भी जो बातें अक्सर ज़िक्र में आईं उनमें नादिर गर्दी थी, जिसे कोई दस-बारह बरस हो चुके थे लेकिन उन ज़मानों में देहली पर जो बीती थी उसे कोई भुला न सका था। उस वक़्त की आफ़त और क़त्ल और ग़ारत और पैरों तले कुचलने के ज़िक्र से ज़्यादा जो बातें सब लोगों की ज़ुबान पर थीं, वे थीं—मुहम्मद शाह बादशाह ग़ाज़ी मरहूम के अमीरों और रईसों और सरदारों की आपसी दुश्मनियाँ, अदावतें और ख़ुदग़र्ज़ियाँ। सबको इस बात का रंज था कि दिल्ली की शान और रौनक़ भले ही वापस आ गई हो लेकिन हुकूमत अब उस तरह की और उस नहज पर न होगी जब तक बादशाह और उसके अमीर मिलकर सर जोड़कर न बैठें और एकता को क़ायम रखें। देहली अब दुनिया का मरक़ज न रहेगा अगर यही दिन-रात रहे।

महफ़िल ख़त्म होने को थी, कुछ लोग उठने का इरादा कर रहे थे कि ताबाँ ने कहा :

'पीर-ओ-मुर्शिद, एक बात तो रही जाती है। वह जो ग़ज़ल मैंने आपकी तारीफ़ में लिखी थी...'

मुहम्मद अली हशमत मुस्कराए।

'मैं उम्मीद कर रहा था कि तुम वह बात भूल गए होगे। चलो ख़ैर सुनाओ। हज़रात समाअत फ़रमाएँ, मियाँ ताबाँ ने मुझ नाचीज़ के ज़िक्र में कुछ शेर कहे हैं।'

सब लोग फिर से ध्यान से सुनने लगे। ताबाँ घुटनों के बल बैठ गए और उन्होंने ग़ज़ल शुरू की :

हुआ हूँ इस जहाँ में दिल से तेरा आश्ना[1] हशमत
करूँ मैं दौलते दुनिया के तईं[2] अब लेके क्या हशमत
जो तेरा आश्ना हो उसको सीम-ओ-ज़र[3] से क्या हाजत
मैं तेरे रब्त[4] के तईं जानता हूँ कीमिया[5] हशमत
न हूँ मोहताज़ दुनिया में किसी शाह गदा का मैं
रहे लुत्फ़-ओ-करम ऐसा ही गर मुझ पर तेरा हशमत
तेरी बातों में अपना दर्द, ग़म सब भूल जाता हूँ
करूँ किस तरह तुझको आप से इक़दम जुदा हशमत
है सबको आरज़ू ज़िल्ले हुमा[6] की मुझको क्या परवाह
क़यामत तक रहे सर पर मेरे साया तेरा हशमत
सुख़न के बहर[7] में आके मेरी कश्ती तबाही थी
किनारे आ लगी जब से हुआ तू नाख़ुदा[8] हशमत
परस्तिश क्यों न दुनिया में करें हम उसकी ऐ ताबाँ
हमारा क़िबला[9] हशमत दीन हशमत रहनुमा हशमत

साया तेरा हशमत वाला शेर बहुत पसन्द किया गया और बार-बार पढ़वाया गया। इसमें ये भी इशारा था कि अगर हशमत का साया मुझ पर क़यामत तक रहेगा तो मैं भी क़यामत तक रहूँगा। किसी को क्या ख़बर थी

---

1. आश्ना = जाननेवाला, 2. तईं = प्रति, 3. सीम-ओ-ज़र = चाँदी और सोना, 4. रब्त = सम्पर्क, 5. कीमिया = रसायन, 6. ज़िल्ले हुमा = उस परिन्दे का साया जो इनसान को बादशाह बना दे, 7. सुख़न के बहर = साहित्य के समुद्र, 8. नाख़ुदा = खेनेवाला, 9. क़िबला = काबा)

कि क़यामत बहुत दूर और मौत बहुत नज़दीक थी और ये सारा पीखना दम के दम में उठ जावेगा। मुझे ये बात इस ग़ज़ल में बहुत लिहाज़ के लायक़ लगी कि किसी भी शेर में बल्कि किसी भी लफ़्ज़ में इश्क़ और हवस और माशूक़ी की हलकी बू भी न थी।

महफ़िल उठी तो मैं भी कूचा चेलाँ अपने घर को चला, सुखराज सबक़त साहब भी मेरे साथ चले कि उनका डेरा हौज़ क़ाज़ी में मोईनुल मुल्क की हवेली के पास ही था। रास्ते में वे बार-बार जलाल असीर का मतला पढ़ते और दाद देते रहे।

आठवाँ अध्याय

चन्द महीने यूँ ही गुज़रे। ताबाँ, हशमत, और दूसरे कई शाइरों से भी मिलना-जुलना होता रहा। एकाध बार मैंने मीरज़ा रफ़ी, शाह हातिम और सिर्फ़ एक बार मियाँ मीर तक़ी को देखा और सुना। शेर कहने का फ़न मुझसे फिर भी हमेशा की तरह रूठा ही रहा। हाँ, देहली के शाइरी-भरे भीगे माहौल में मुझे अच्छे शेर की समझ अलबत्ता हो गई। इसके अलावा ख़ुद को देहली के गली-कूचों से आशना करने और यहाँ अपना दिल पूरी तरह लगाने के सब जतन मैंने किए। और इसमें मुझे थोड़ी कामयाबी होने लगी थी कि एक बात ऐसी हुई, जिसने मुझे यक़ीन दिला दिया कि इस दुनिया में इंसाफ़ नहीं है और मेरे मुक़द्दर में यूँ ही महरूम रहना और तनहा भटकना लिखा है। कभी-कभी जी में आता, शादी कर लूँ। घर बसा लूँगा तो ज़िन्दगी में और दिमाग़ी हालत में तवाज़ुन (समन्वय) बनेगा। लेकिन दूसरी शादी के ख़याल से वहशत और बेचैनी पैदा होती थी। जैसे मैं अपनी ब्याही बीवी को छोड़कर उस पर सौत ला रहा हूँ। हालाँकि दो से ज़्यादा सदियों के बाद मेरी बीवी क्या मेरा ख़ानदान भी शायद कहीं न होगा, मगर फिर भी ये मुझे बड़ी बेवफ़ाई लगती थी।

आख़िरकार मैंने ख़ुद को इस बात पर राज़ी कर लिया कि नंगल ख़ुर्द किसी को भेजकर मालूम कराऊँ कि वहाँ मेरे लोग कोई हैं कि नहीं और हैं तो किस हाल में हैं। कई दिन इन्तज़ार किया। रातों को बुरे ख़्वाब देखता और दिन को सबकी सलामती की दुआ करता। मैं इतना ज़्यादा बेचैन हो रहा था कि ये भी न समझा कि अब ढाई सदी बाद मैं किसकी सलामती की दुआ के लिए हाथ उठा सकूँगा। आख़िरकार मेरा हरकारा वापस आया।

मेरा घर तो क्या, वहाँ मेरा गाँव भी अब न था। बहुत पूछताछ के बाद पता लगा कि बहुत दिन पहले, कोई हज़ारों बरस पहले, नंगल नदी, जिसके किनारे मेरा गाँव आबाद था, बुरी तरह चढ़ आई थी। उसी ज़माने में जमुना में भी ज़बरदस्त बाढ़ आई और जमुना का बहुत सारा पानी नहर के बन्द तोड़कर नहर को हड़प करके चारों तरफ़ फैल गया। इस दोतरफ़ा हमले ने मेरे गाँव को घास-फूस की तरह बहाकर तहस-नहस कर दिया। अब वहाँ कुछ वीरान ज़मीनें हैं और ज़्यादातर जंगल हैं।

हज़ारों बरस? हज़ारों नहीं, सैकड़ों बरस तो हो ही गए थे। क्या अजब मेरे दूसरी बार देहली जाने के फ़ौरन बाद ये क़यामत टूटी हो। लेकिन मुझ पर तो आज टूट रही थी।

मैं कई दिन घर से बाहर न निकला। अक्सर रातों को चराग़ भी न जलने देता, मामा के घर चले जाने के बाद चराग़ बुझाकर खाना खाए बग़ैर मुँह लपेटकर पड़ जाता। सुबह मामा के आने से पहले ज़्यादातर खाना मुहल्ले के कुत्तों, आवारा गायों, साँड़ों, बिल्लियों को जल्द-जल्द खिलाकर फिर आकर पड़ रहता। मामा आते तो यूँ आँखें मलता हुआ उठता जैसे अभी आँख खुली हो।

माना कि ये सब बेफ़ायदा, बेमज़ा, बेहासिल था। ये बात तो मुझे शुरू से ही मालूम थी कि मेरा कोई नहीं है, घर भी नहीं है, रिश्तेदार भी नहीं हैं, संगी-साथी भी नहीं हैं। मैं दर हक़ीक़त एक जिन हूँ जो

इनसान की काया में ज़बरदस्ती डाल दिया गया हो। लेकिन फिर भी मेरे दिल में उम्मीद का एक तार-सा लटका था कि शायद...

इस शायद की झोंक ऐसी थी जो मुझे उम्मीद के पालने में झुलाए जाती थी। चलो मेरी बीवी-बेटी-बेटा वहाँ न होंगे उनके वारिस तो होंगे। सगे न होंगे रिश्ते के तो होंगे। कुछ न होगा तो मेरा गाँव तो होगा। कोई तो मेरी ज़मीनों की काश्त कर रहा होगा। मेरा पुराना बाग़ सूख गया होगा, दीमक खा गए होंगे लेकिन उसकी जगह नया बाग़ तो किसी ने लगा लिया होगा। उसमें पपीहे और कोयलें तो कूकती होंगी। उस पर बारिश की पहली फुहार से गर्द भरे आम के फलों का मुँह तो अब भी धुल जाता होगा?

लेकिन चश्मदीद गवाह और अक़्ली गवाह सब मेरे ख़िलाफ़ थे। तो अब मैं जीकर क्या करूँगा? ख़ुदकुशी भी तो कोई बात है। मीर मुहम्मद अली और मीर अब्दुल हई मेरे लिए क़ब्र और कफ़न तो मुहैया कर ही देंगे। मगर ख़ुदकुशी तो हराम है। मेरी दादी कहती थीं ख़ुदकुशी करनेवाला बुरी आत्मा बन जाता है...तो मैं क्या किसी बुरी आत्मा से कम हूँ...?

कई दिन और गुज़रे। अब मेरी मामा को भी शक होने लगा था कि शायद मियाँ की हिस (संवेदनाएँ) ठीक नहीं हैं। मुझसे तो उसने कुछ न कहा मगर मुहल्ले वालों तक दबी ज़ुबान से बात पहुँचा दी। दिल्ली वालों को तो एक तमाशा चाहिए, चाहे वह घर की फूँक क्यों न हो। तजुर्बेकार लोगों ने अन्दाज़ा लगाया कि मेरा दिल कहीं आया हुआ है। एकाध बार उन्होंने कुटनियाँ भेजीं कि जाओ हालात मालूम करो और पुराने सिलसिले को दोबारा बाँधो और वह मुमकिन न हो तो नया सिलसिला पैदा करो। लेकिन मैंने उन्हें कुछ इनाम देकर रुख़सत किया। क़िस्सा ये बताया कि मुझे ख़बर मिली है कि घर पर मेरे लोग बेहद क़र्ज़दार हो गए हैं। मैं इसी उधेड़बुन में रहता हूँ कि इसका हल क्या करूँ। कई जगह से मुझे कुछ क़र्ज़ मिलने की उम्मीद है लेकिन

सूद बहुत ज़्यादा है और वापसी जल्दी होनी है। बस इन्हीं चिन्ताओं में दिन-रात का जीना हराम हो गया है।

वे कुटनियाँ हज़ार बलाए बेदवा सही, लेकिन दुनिया देखी हुईं, हज़ारों दरवाज़े देखी हुईं और बीसियों कुओं का पानी पिये हुए थीं। समझ गईं कि इन तिलों में तेल नहीं और ये मामला न औरत का है न सोने का, ये तो कुछ जिन्नाती कारख़ाने हैं। फिर सबने मेरा पीछा छोड़ दिया।

लेकिन कुटनियों के चले जाने के दो ही चार दिन के बाद मुहम्मद अली हशमत का पैग़ाम देनेवाला आया कि फ़ौरन का मामला है, बिस्तर बाँधो और मेरे यहाँ पहुँचो। मुझे थोड़ा-सा तअज्जुब तो हुआ लेकिन एक उम्मीद-सी भी हुई कि शायद यहाँ कुछ बेहतरी का आसार हो। यूँ कुछ न हो लेकिन हालात की तबदीली में एक उम्मीद तो होती है। मैंने बिस्तर बाँधा, घर की कुंजी पास की मस्जिद के इमाम साहब के हवाले की, मामा को कहा कि नेकबख़्त तू मेरी राह देख लीजियो, मैं चन्द दिन में वापस आ जाऊँगा। दो-चार घड़ी के बाद मैं मीर हशमत साहब की हवेली पर हाज़िर था।

मैं पुरउम्मीद था तो दिल में डरा भी हुआ था। मेरे ज़माने से अब तक जंग का तरीक़ा और असलहा सब बहुत बदल चुका था। यहाँ गोला, बारूद, बन्दूक़, तोप से जंग होती थी और हमारे लोगों को बन्दूक़ की हवा भी न लगी थी। हमने बारूद की बू भी न सूँघी थी। मुझे ये भी मालूम हुआ था कि मेरे ख़ुदावन्दे आलम सुल्तान इब्राहीम लोदी शहीद की फ़ौजों की मुकम्मल हार चन्द घड़ियों में इस वजह से हो गई थी कि उनके हाथी गोला-बारूद का सामना न कर सके थे और फ़ौज में भगदड़ मच गई थी। मैंने जब ये सामान यहाँ देखे तो बहुत तअज्जुब हुआ था कि इन चीज़ों को मैं क्या सँभाल पाऊँगा। बहुत कुछ अभ्यास करके अब मैं थोड़ा-बहुत आदी आग के हथियारों का तो हो गया था लेकिन मोर्चे की गर्मी में कहाँ तक मैं बन्दूक़ या तोप का साथ दे सकूँगा, ये तो वक़्त ही बताएगा।

'ख़ूब आए मियाँ साहब,'

उन्होंने मुझे देखते ही कहा :

'मुरादाबाद के लिए सफ़र का सामान बाँध लो, अभी और इसी वक़्त चल दो। मैं और बाक़ी टुकड़ी भी साथ होगी।'

मेरा दिल धड़का। ये तो कुछ फ़ौजी कार्यवाही जैसा रंग लगता था। फिर भी मैंने कहा :

'बहुत मुनासिब। मैं हाज़िर हूँ, पर मामला क्या है?'

मीर हशमत के तफ़सीली बयान का निचोड़ ये था कि रुहेला नवाब अली मुहम्मद ख़ाँ की अचानक मौत के बाद रुहेलखंड इलाक़े में बदअमनी का शक फैल गया था। अली मुहम्मद ख़ान के दोनों बड़े बेटे, अब्दुल्लाह ख़ान और फ़ैज़ुल्लाह ख़ान कन्धार में जलावतन थे। तीसरा बेटा सादुल्लाह ख़ान कम उम्र था। किसी बिना पर नवाब क़ुतुबुद्दीन अली ख़ान, फ़ौजदार मुरादाबाद को गुमान था कि जब तक बड़े भाइयों की जलावतनी को ख़त्म करने का फ़रमान दिल्ली के क़िले से न जारी हो, रुहेलखंड के इलाक़े में सीधा हुक्म शाह जमजाह का चलेगा। और सादुल्लाह ख़ान को देहली बुलाकर राज्य की राजधानी की निगरानी में रखा जाएगा। जहाँ तक मीर मुहम्मद अली को मालूम था, इन सबके बारे में कोई फ़रमान क़ज़ा शीम बादशाह जमजाह के दरबार से जारी न हुआ था। लेकिन ख़याल था कि नवाब क़ुतुबुद्दीन ख़ान ने महाबली को हालात से आगाह रखा होगा। बहरहाल रुहेलों को ये गवारा न था कि कम उम्र नवाब का बेटा अपने वतन और अपने लोगों से जुदा कर दिया जाए और पूरे इलाक़े पर शाही नौकर क़ब्ज़ा कर लें। फ़िलहाल वे बड़ी फ़ौज इकट्ठा करके सादुल्लाह ख़ान की हिफ़ाज़त और उसको हर क़ीमत पर अपने ही पास रखना चाहते थे।

इन हालात के पेशेनज़र फ़ौजदार मुरादाबाद ने हुक्म दिया कि फ़ौजदारी की टुकड़ी के सब सिपाही फ़ौरन मुरादाबाद पहुँच मुक़ाबला

रुहेलों का करें और उनको शाही ग़ुस्सा और जनाब आलम पनाह की नाराज़गी का मज़ा चखाएँ। फ़ौजदार ख़ुद मुरादाबाद पहुँच चुके थे। इसलिए हम लोगों को भी वहीं पहुँच जाना चाहिए।

शाम होते-होते टुकड़ी का जमावड़ा पाँच सौ के क़रीब हो गया था। दूसरी सुबह हम मुरादाबाद पहुँचने के इरादे से निकल पड़े और धावे के तौर पर सफ़र करते हुए चौथे दिन वहाँ पहुँच गए तो मालूम हुआ कि यहाँ से कई कोस पर धामपुर कोई जगह है, नवाब क़ुतुबुद्दीन वहाँ मोर्चा सँभाले हैं। रुहेलों का भी जमावड़ा वहीं क़रीब में है। नवाब मुन्तज़िर हमारे हैं कि हम पहुँचें तो मोर्चा गर्म हो।

कमरे खोले बग़ैर हम धावे के तौर पर धामपुर की ओर चल पड़े। फ़ौजदार साहब धामपुर से दो कोस इधर एक उजाड़-सी गढ़ी में ख़ेमा गाड़े हुए थे। उनके जासूसों ने ख़बर दी थी कि रुहेले राम गंगा दरिया के किनारे जमा हैं और शाही फ़ौज से जंग का इन्तज़ार कर रहे हैं। नवाब पूरी फ़ौज के साथ क़िले से बाहर निकलकर जंग की एक मुनासिब जगह देखकर ठहर गए और एक टुकड़ी जंग की अगली कतार के तौर पर आगे रवाना की। नवाब ने अपनी फ़ौज के पीछे घने काँटेदार जंगल का बड़ा हिस्सा रखा था, इस ख़याल से कि अगर पीछे हटना पड़ा तो हम जंगल में छुप जाएँगे। वहाँ दुश्मन का घुसना मुश्किल होगा क्योंकि जब वह जंगल में घुसेगा तो हमें उसकी हरकतों की ख़बर ख़ुद-ब-ख़ुद मिल जाएगी और हम उसे गोलियों की बाढ़ पर रख लेंगे।

फ़ौजदारी जमावड़े में बड़ी या छोटी तोपें न थीं, यहाँ तक कि ऊँट का नगाड़ा और हाथी तो क्या, ऊँट पर रखकर चलानेवाली छोटी तोप भी न थी। नवाब क़ुतुबुद्दीन ख़ाँ साहब का ख़याल था कि मुट्ठी-भर तो रुहेले होंगे, हज़ार-दो हज़ार भी हुए तो हम उन्हें आमने-सामने की जंग में मार लेंगे। तोप के लिए मैदान चाहिए, हमें उनकी ज़रूरत कुछ न होगी।

नवाब का मशविरा यूँ तो मुनासिब महसूस हो रहा था लेकिन उनके मुख़बिरों ने उनके साथ दग़ा की थी। रुहेलों का एक बड़ा जत्था उस

जंगल में पहले से ही मौजूद था। एक तरफ़ राम गंगा नदी, दूसरी तरफ़ धामपुर का क़स्बा, पीछे कँटीला जंगल। फ़ौजदार की अगली कतार के फ़ौजियों में से कुछ तो बेख़बरी में वहीं मार दिए गए। कुछ बचे-खुचे जो थे वे होश खोकर ये ख़बर लेकर आए कि हम हर तरफ़ से घिर गए हैं। रुहेले कम-से-कम दस हज़ार हैं और हर तरफ़, यहाँ तक कि नदी के दूसरी तरफ़ भी हैं।

अभी उनकी बात ख़त्म भी न हुई थी कि रुहेलों की टुकड़ियों ने हम पर गोलाबारी शुरू कर दी, हालाँकि वे अभी कुछ दूर थे। पास आते ही आते उन्होंने गोलियाँ चलानी शुरू कर दीं। कोई दस हज़ार रहे होंगे। नवाब ने इतना बड़ा पलटन देखकर जंगल में भागने का हुक्म दिया। लेकिन वहाँ तो कोई जंगल, कोई झाड़ी, कोई झंडी ऐसी न थी जिसके पीछे रुहेले हथियारबन्द और मुकम्मल जमे हुए न हों।

क़ुतुबुद्दीन ख़ान बड़ी बेजिगरी से लड़े। उनसे बढ़कर मुहम्मद अली हशमत की जिगरदारी थी। लगता था उन्होंने यमदूत से कह रखा था कि मेरे क़रीब न आना। मैं उनके साथ-साथ था लेकिन न आगे बढ़ा जाता था और न पीछे हटा जाता था वाला मामला था। सर्दियों के दिन थे, दरिया के किनारे और जंगल से मिले हुए होने की वजह से सर्दी और भी कड़ाके की पड़ रही थी। हम लोगों का ख़ून बहने भी न पाता था कि वहीं जम रहता। सूरज ढलने से पहले-पहले हम सब मार लिए गए। कोई ज़िन्दा बाक़ी न रहा।

जैसे भूकम्प के झटके ने मेरा पलंग ज़ोर से हिला दिया हो, मैं हड़बड़ा कर उठा और पलंग से गिरते-गिरते बचा।

'क्या कहा? सब मार लिए गए? कोई भी न बचा?'

'नहीं जनाब। कोई भी नहीं।'

उसने दबी हुई और उदास आवाज़ में कहा।

'तो क्या...तो क्या तुम मुर्दा हो?'

'ये तो मैं ख़ुद भी नहीं जानता जनाब, शायद आप ये मामला बेहतर तै कर सकते हैं।'

उदास आवाज़ और भी धीमी पड़ती जा रही थी। फिर जैसे बोलनेवाला दूर होता जा रहा हो। फिर शहनाई पर भैरवी की नफ़ीर धीरे-धीरे उठी। वह भी दूर होती चली गई।

नवाँ अध्याय

अब्दुल हई ताबाँ ने जब मुहम्मद अली हशमत की सुनावनी सुनी तो पगड़ी उतारकर फेंक दी और गिरेबाँ फाड़कर मुहम्मद अली हशमत का शेर पढ़ा :

जब आ ख़िज़ाँ[1] चमन में हुई आशनाए गुल[2]
तब अन्दलीब[3] रो के पुकारी कि हाए गुल

उस दिन से अब्दुल हई ताबाँ पानी के कपड़े पहन कर गोशानशीन हो गए, महफ़िलें जमाना छोड़ दीं, यहाँ तक कि मीरज़ा मज़हर जाने जानाँ साहब के यहाँ भी जाना छोड़ दिया। उन्होंने बुलवा भी भेजा लेकिन उन्होंने कहलवा दिया कि मीरज़ा साहब की ख़िदमत में हाथ जोड़कर कह दीजो कि ताबाँ अब वहाँ नहीं है।

फिर उन्होंने शराब छोड़ दी। हालाँकि डाक्टरों ने सख़्ती से मना किया, कहा कि शराब तुम्हारी रगों में बजाय लहू के जारी है। शराब

---

1. आ ख़िज़ाँ = वीरानी आकर, 2. आशनाए-गुल = फूल से जान-पहचान, 2. अन्दलीब = बुलबुल)

तुम्हारे लिए ख़ून के चार मिश्रणों में से एक मिलावट बन गई है तुम्हारे मिज़ाज में घुल गई है। शराब छूटेगी तो मर जाओगे। लेकिन ताबाँ ने एक न सुनी। उन्होंने बस यही कहा कि मैंने तौबा कर ली है। अब दोबारा पीने लगूँ तो ख़ुदा को क्या मुँह दिखाऊँगा। मीर हशमत को क्या मुँह दिखाऊँगा।

शराब छोड़ते ही ताबाँ ने तमाम दोस्तों को चिट्ठियाँ लिखीं कि अब मेरा वक़्ते आख़िर है। आकर मुँह दिखा जाओ। मेरा मुँह भी देख लो। कोई ख़ता मुझसे हुई हो तो माफ़ करो ताकि मैं जिस तरह हलका आया था उसी तरह हलका जाऊँ। लोग हर रोज़ आते रहे, कुछ तो उनका मुँह देखकर रो पड़ते और फ़ौरन वापस चले जाते। कुछ वहीं उनकी तरह पलंग की पट्टी पकड़कर बैठ जाते, लतीफ़ों और तफ़रीह से उनका दिल बहलाते।

दोस्तों को चिट्ठियाँ भेजने के आठवें दिन मीर अब्दुल हई ताबाँ ने दुनिया से मुँह मोड़ लिया।

दाग़ है ताबाँ अलै अर्रहमा[1] का छाती पे मीर
हो नजात उसको बेचारा हमसे भी था आशना

तमामशुद

❂❂❂

1. अलै अर्रहमा = अल्लाह रहम करे